FASCINAÇÃO

★

LUCI COLLIN
FLAVIO DE SOUZA

Coordenação editorial: Sálvio Nienkötter
Editor-adjunto: Raul K. Souza
Ilustrações: Flavio de Souza
Projeto gráfico e editoração: Bárbara Tanaka
Produção: Cristiane Nienkötter

Dados Internacionais de Catalogação na Publicação (CIP). Andreia de Almeida CRB-8/7889

Souza, Flavio de; Collin, Luci
Fascinação / Flavio de Souza, Luci Collin. -- Curitiba : Kotter Editorial; Cotia: Ateliê Editorial, 2019.
232 p.

ISBN 978-85-68462-96-6 (Kotter)
ISBN 978-85-7480-821-5 (Ateliê)

1. Literatura brasileira I. Título II. Collin, Luci

CDD B869

19-0093

Texto adequado às novas regras do acordo ortográfico de 1990, em vigor no Brasil desde 2009.

Kotter Editorial
Rua das Cerejeiras, 194
82700-510 | Curitiba/PR
+55 41 3585-5161
www.kotter.com.br | contato@kotter.com.br

Ateliê Editorial
Estrada da Aldeia de Carapicuíba, 897
06709-300 | Cotia/SP
+55 11 4702-5915
www.atelie.com.br | contato@atelie.com.br

Feito o depósito legal
1ª edição
2019

Sumário

PRIMEIRO ATO

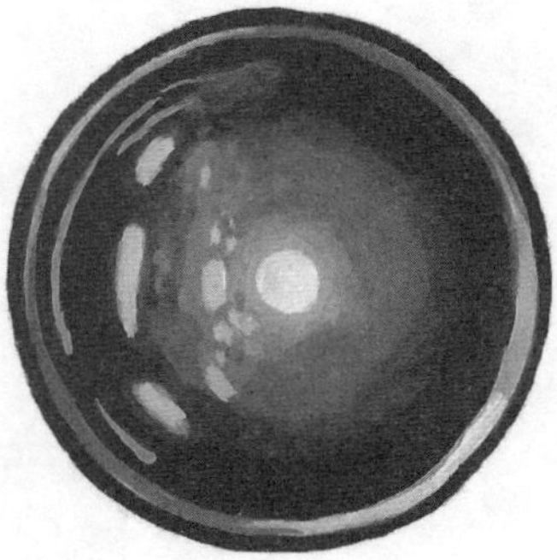

Os sonhos são como a tradução para uma
língua, de coisas intraduzíveis de outra.

Fernando Pessoa

odisseia & espaços

...e devia existir uma palavra para este momento, esse nem cá nem lá, como no lusco-fusco, quando se enxerga mas sem certeza do que se está vendo. Como agora, quando tudo parece confuso, ou suspenso, mas é apenas madrugada, um lusco-fusco da memória, da realidade. Aos poucos a luz vai entrar e aos poucos também essa sensação de vagueza se dissipa. Quando eu estiver mais cá que lá, e tiver forças pra me virar, vou tomar a minha dose diária de levanta ego, meus dezessete troféus que deveriam estar sobre a lareira, tá, e daí, eu sei, só que eu preciso ver meus amorecos assim que acordo, meu preferido é o homem pelado dourado com cabeça de sol que eu ganhei por causa do... daquele filme... aquele, sei lá, morram de inveja, membros da academia da competição s.a., eu mereci cada um desses pedaços de metal e acrílico, eu cheguei lá, *simplement*, eu sou uma que chegou lá, realizei meus desejos, cumpri as metas, conquistei tanto um lugar ao sol quanto à sombra.

Ah, constato: ainda que se durma ao lado de quem se quer dormir, acordar todo santo dia e viver o mesmo roteiro cotidiano nem sempre é bom. Daqui a pouco a história se repete, acordaremos — eu e o senhor meu marido aqui do lado — e é bem capaz de eu ter que ouvir como foi o sonho dele e, cá pra mim mesma, sonho de gente sem imaginação é entediante! Gente sem imaginação não devia nem sonhar, e eu detesto isso de gente contando o que sonhou. Grande besteira aquilo de que sonho ruim tem que contar senão acontece de verdade, vira uma tragédia na vida real. Sonho é coisa de foro íntimo, é da essência do ser, é visceral, vem lá de dentro, feito o que se faz no banheiro. Ai, que pérola de filosofia escatológica.

É puro folclore da classe teatral dizer que sonhou que está no palco, plateia cheia, e... não lembra de uma palavra sequer do texto. E aquela coisa de enterrar a peça na última apresentação da temporada? Ah, isso era delicioso! As coisas que cada ator aprontava pros outros! Não, não era falta de respeito com o público, tinha gente que já havia assistido à peça e voltava bem nesse último dia só pra ver a farra dos atores. Agora, é folclorissíssimo da classe teatral dizer que já sonhou que está em cena e não sabe o que tem que dizer. Nunca sonhei isso. Já me aconteceu uma vez de verdade, mas só uma mísera vez! Minha massa cinzenta ainda não murchou. Cinzenta coisa nenhuma — o cérebro só é cinza depois de morto, enquanto está vivo é cor-de-rosa. Quando era criança e descobri isso passei meses atormentando os meninos, os mais machõezinhos, dizendo cento e quatorze vezes por minuto. *"Os meninos têm cérebro com cor de menina!"* Eles detestavam. E pelada?! Também tem essa versão de sonho de ator/atriz que está no meio do palco e descobre que está nu ou nua em pelo. Por que alguém que está pelado está nu em pelo? Que pelo? Os pentelhos? Ai, insônia é um suplício! Quantas lembranças, quanto pensamento idiota. Juro que quando começarem a instalar um chip com botão *ON/OFF* na cabeça da gente eu pago a fortuna que for pra ter um. Já estava na hora de existir isso. Afinal, não acabamos de chegar ao tão anunciado Terceiro Milênio? Mas, e aí? Propaganda enganosa, hein? Cadê os carros voadores? As viagens de turismo pra Lua? As faxineiras robô, como a Rosie dos Jetsons? Só em sonho. Ainda não fizeram nem uma boa lei proibindo as pessoas de contar sonhos pros outros, com prisão perpétua para os infratores.

Eu tenho é trauma com isso de contar sonho. Desde os onze anos, com aquele ator, não vou lembrar o nome do infeliz, naquela adaptação do livro do James Joyce, não, do Henry Miller, ai! do Henry James, "A volta do parafuso". Eu fazia a Laura. Não, Laura sou eu. Lívia? Não, era com F. Fanny... "Fanny e Alexander" é Bergman, não? Era Flora! Nunca esqueci aquela fala. Espera aí! Esqueci! Foi só eu falar que ia dizer, que me esqueci? Ah, sim: *Não seja tola, senhorita. O destino explodirá de orgulho desta façanha!* Aquele porre — ele fazia o papel do Griffin — me pegava pra cristo no intervalo dos ensaios e cada dia me contava o sonho da noite anterior como se fosse um canto da "Ilíada". Que coisa insana, fazer isso com uma garotinha! Um suplício aguentar aquele sujeito, mau ator, inclusive, me torturando com aquelas histórias repetitivas e aborrecidas. E ainda por cima era vegetariano! Naquela época! Deve ter sido o primeiro do país. Deve ter ganho até uma medalha por bravura.

Isso é uma coisa meio louca, para não dizer completamente: como é que, tantos anos depois, eu ainda me lembro desta fala? A ciência explica? De que gaveta da minha cabeça saiu essa frase? Será que eu sei outras dessa mesma peça? Não... não mesmo. Por que a mente humana seleciona UMA frase de um texto com centenas delas, e joga fora todas as outras? Não, não era parente. O Henry Miller não tinha nada a ver com o Arthur Miller. Certeza. O Arthur era aquele homem lindo, eu sempre achei, todo misterioso e casado com a Marilyn, que era linda de doer também e fazia a loira burra e se meteu naquela barafunda com o Presidente, cantou aquele *happybirthday* desengonçado, ela também era amante do irmão do Presidente, o Bob, e o Henry Miller era aquele cara do "Sexus", "Flexus", sei-lá-o-quê. "A Morte do Caixeiro Viajante" é do Arthur. E "Depois da Queda", que é sobre o casamento deles, ai, nem me lembra dessa peça que me dá vontade de chorar. Lá em New York, ano passado, eu vi um vocalista duma banda nova chamado Marilyn Manson, super estilo, tá fazendo sucesso. Mas eu tô pensando mesmo é na "Volta ao lar", não "A Volta da Velha Senhora", não, Laura. A velha senhora não volta, ela visita, quer dizer, ela volta mesmo pra se vingar, mas chamaram de "visita" a volta dela e então... não é nisso que eu estou pensando, essa é aquela peça que a atriz faz quando já fez a Geni, a Blanche e a Martha ou não fez mas não dá mais tempo, porque da plateia ninguém mais acredita que ela seja alguma coisa além de uma velha senhora. Quando chegar lá eu vou arrasar, vingança é comigo mesma, espero que meu cérebro me acompanhe até esse dia, pelo menos a parte que decora texto, mas do que eu...? Ah, a passagem pro Chile, eu não fui nem voltei, não é isso, é claro que eu estou pensando na "A Volta... do Parafuso"!

Aquela peça foi linda. Também, com a Adélia Meyer como a Governanta. Sucesso estrondoso. *Madame* Adélia Meyer. Eu achava o máximo dar autógrafos no programa, e até os fãs mais fanáticos dela, aqueles que a seguiam em todas as cidades em que ela se apresentava, pediam pra eu assinar também. Isso com onze anos... quantos anos faz? Não muitos, afinal eu só tenho... Laura! Você mentir pra você mesma, agora? Deixa pra lá, não encafifa com essa coisa de idade. Ah, como era bacana tudo aquilo, outros tempos. Teatro lotado toda noite, de terça a domingo, duas sessões no sábado e no domingo, e a eventual sessão da tarde na quinta, para as velhinhas. E alguns velhinhos. Tinha velhinhos? Bem poucos. Eles não iam ao teatro; ou aquele era um cardume de viúvas e solteironas? E naquela época tinha mais aposentado que aposentada, mas as que não se aposentavam eram casadas com aposentados, eu não vou me aposentar, nunca, eu li numa pesquisa que uma porcentagem estrondosa de pessoas que se aposentam morrem exatos dois anos depois, porque ficam sem fazer nada, e o corpo acha que não precisa mais funcionar e simplesmente para, e eu vou usar esse corpinho que já foi espetacular, mas ainda dá pro gasto, até que ele desista de funcionar, e depois, quero morrer no palco, ou no mínimo na coxia, como a Cacilda Becker, é ou não é, Madame Adélia Meyer?

Será que estão chamando a senhora de madame aí no paraíso? Tá no paraíso, né? Sua camisola é especial? Tipo túnica grega da Isadora Duncan? Suas asas são luxuosas como aquelas dos destaques de escola de samba? E a aureola mais brilhante, feito uma tiara confeccionada de raios de lua? Com certeza, madame. É claro. É óbvio. Ela foi e será, digam o que quiserem, a maior. Sim, eu trabalhei com a Grande Dama do Teatro, sim, morram de inveja, meus queridos. Não, eu não sou "a nova Adélia", que ideia absurda, ela era única, será sempre, e eu sou a nova Laura, a nova eu mesma, a primeira e única Laura Bloomitz. Tá... tá bom, Laura *Eulália* Bloomitz, mas isso ninguém sabe! Nem o Fernando. Deus me livre! E se alguém descobrir eu me mato. E depois volto pra matar quem espalhar isso! Ai, tem coisa que a gente não precisa lembrar mes-mo! E não tenho que reclamar do Eulália, podia ter sido pior, bem pior porque o papai QUASE me registrou como Sérgia Bloomitz, pra homenagear o melhor amigo dele, o Serjão! Esquece, esquece, Laura! Esquece coisa nenhuma, iam me chamar de Serjona na escola! Eu matava aquele desgraçado e o amigo dele primeiro!

Ora, coisa de matar só por causa de um nome é tolice. Coisa de novela. A Marilyn se chamava Norma Jeane... Ai, será que um dia vão considerar outra atriz a nova Laura? E eu vou passar a ser a velha Laura? Que seja depois da visita, depois de eu já ter saído de cena, porque ser "a velha Laura" é deprimente demais. E a Laura atual, que tal hein, essa demente que não pensa nada que possa ser citado em um livro? Insônia terrível! Será que foi o chocolate, cafeína, depois das seis da tarde? Será que se eu morrer vão achar a Estela melhor do que eu? Que mórbida, e pra que lembrar da Estela bem agora? Essa música, de onde será que vem? *... um castelo ergui...* E isso que eu estou sentindo? Tãããão bom! Será que foram os comprimidos? Mas eu tomo sempre e nunca tive essa sensação.

Parece que estou num carro. Mas estou dormindo. Eu tô num carro dentro de um sonho? *Tudo o que vemos ou parecemos não passa de um sonho dentro de um sonho.* Edgar Alan Poe disse isso. Decorei desde a época do colégio. Tenho lá minha erudiçãozinha, senhores. Mas pra que que serve mesmo erudição? Erudição paga os gastos mensais da casa? Não. Paga o plano de saúde? Não. Paga compra em supermercado? Paga IPTU, IPVA, IR, INSS, ICM, ISS? Não! Espera aí.

Sim, eu estou num carro. Louca não fiquei ainda. Lembro que fui dormir. Quarto abafado, abri a janela. Noite de um vento quente. O Fernando já estava roncando. Eu não conseguia dormir. Será que tudo quanto é marido ronca ou só o meu? O Davi roncava também. O Davi era um traste em tudo, ainda bem que surgiu o Fernando na minha vida. Entre os dois teve um quase marido, aquele com sobrancelhas de Monteiro Lobato, de quem eu nunca consigo lembrar o nome verdadeiro e cujo apelido de infância dado pela mãe eu me re-cu-so a pronunciar... Ai, não vale a pena lembrar de alguém tão nada, porque em seguida veio alguém tão tudo: o Fernando foi o maior presente que eu ganhei, conquistei, vá lá... mereci, na vida. Impossível dormir. Aí tomei os comprimidos. Tomei uns a mais, tá certo, admito. Pelo menos dormi! E amanhã chego perfeita e linda pra gravação.

Essa novela tá pegando mesmo. Bem melhor do que a anterior, que sofreu aquela rejeição brutal do público! Os números do Ibope caindo feito a pera do Newton e as pessoas olhando feio pra gente nos corredores da emissora, com cara de "*Mas que fracasso, pombas!*", como se a culpa fosse da gente. Foi o beijo *gay*, sim. Claro que ainda tem preconceito. Ai, uma insinuação da suposição da possibilidade de um beijo! Ai, só um selinho, nem precisava ter causado tanta polêmica!! Laura, Ibope? Que coisa mais... século 20, credo, *demodé*, cafona pra burro! E não foi uma pera que caiu na cabeça do Newton, foi uma... laranja? Abacate? Abacaxi? Jaca? Maçã! Maçã, o fruto do bem e do mal, a ruína de Eva, que nos condenou todas a sentir as dores do parto e as cólicas da menstruação. E por causa de uma cobra! Será que tem mais alguém que acha essa história altamente erótica ou eu sou uma maníaca sexual?

O que eu estava pensando da novela atual? Uma coisa gostosa, lembrei, isso sim dá gosto de lembrar: o meu cenário está arrasando, tô roubando a novela da mocinha, eu não paro de ganhar cenas, cada vez mais, milhares de cenas pra decorar, que horror, tenho que levar os capítulos até pro banheiro, horror nada, uma maravilha, o autor está *in love* comigo e o público também, todo mundo adora uma boa de uma vilã. Que atriz que diz num filme antigo "*Quando eu sou boa, sou muito boa. Quando sou má, sou ótima*"? A novela pegou mesmo e a nova aristocracia da televisão, os mandachuvas do *marketing* conseguiram achar um jeito de inserir *merchandisings* numa novela de época, rural e altamente dramática, e quando eu começar a receber minhas porcentagens vou poder comprar aquele colar... colar vem de colo, e colo é a parte de baixo do pescoço ou a parte de cima do tronco? Ou do peito? E por que quando alguém senta sobre as pernas de outro alguém se diz que esse alguém sentou no colo? Que língua esquisita e bizarra essa que herdamos: se colo é onde vai o colar porque os bebês ficam ali para mamar e arrotar e vomitar e não... Eu não vou mais pensar nisso — vou é pensar na minha novela. Minha, por que não? Sem o meu personagem não teria mais novela! Ai, tão boa essa sensação de leveza, sei lá, de soltura, devaneio. Gostei deste negócio de errar a dose dos remedinhos.

Agora, estou num carro e tem uma música no rádio. Rádio não é porque não ouço, de-tes-to locutor interrompendo. Ah, será FM que não interrompe a programação? Nunca tive paciência pra escutar rádio; eu sempre gostei de escolher o que ia ouvir. Ouvir e ver, que TV pra mim só a cabo! Não aguento o bombardeio de anúncios da programação de TV aberta. Aberta? Tem coisa mais fechada que ter só seis opções de canais? Coisa mais claustrofóbica! O mundo está cada vez mais cheio de *merchandisings* e propaganda, as pessoas são catapultadas para o consumo. Essa frase ficou boa! Preciso lembrar disso na hora de dar uma entrevista. Não! Nunca! Esquece, sua atoleimada! Como é que vou falar mal do consumismo se EU ganho dinheiro fazendo comerciais! Sim, porque se fôssemos depender de dinheiro ganho no teatro... Se não pegar uns frilas aqui e ali, umas coisinhas avulsas entre uma novela e outra, não dá nem pra pagar as contas! Teatro, se não vira aquele super sucesso, e montado com patrocínio, só te dá *glamour* e... dívidas. Atividade absolutamente inviável. E irresistível, vício pior que buzina, morfina e cafeína. Ah, teatro te dá inimigos também, inimigos da melhor qualidade, gente que morre de inveja de te ver brilhando num palco. Aquela comédia do Aluísio de Azevedo que eu fiz no ano passado, por exemplo. Sei de duas dúzias de invejosos que saíram do teatro tentando morder os cotovelos. Quando a gente convida pra vir fazer a peça com a gente, recusam. *Ai, tô sem agenda...* Depois, quando veem o sucesso, reclamam que ficaram de fora!

O Zé... que dirigiu e fez a adaptação, levou pros anos 60, os figurinos *ala* Mary Quant e Paco Rabane às vezes machucavam a gente, mas era tudo tão lindo e exótico e que nostalgia me dava noite após noite da minha juventude transviada, ai, que gênio o Zé! Um dos Zés, que todos eram incríveis, e esse é mesmo genial, um pouco autoritário, prepotente, temperamental e histérico, mas tinha que ser porque eu e todas as atrizes do elenco, não que ator não apronte, mas a gente capricha, não é mesmo, meninas? Ai, que falta de fosfato: não é Aluísio de Azevedo o autor da comédia, esse era o irmão estressado, é Ramos de Azevedo? Não, esse é o do Municipal de São Paulo. Álvaro? Aroldo? Arthur! Esse mesmo, que batalhou pra construírem o Municipal do Rio, esses Azevedos foram... e o Paulo... Paulo Autran, claro, quando excursionava, punha o prefeito de cada cidade contra a parede e fazia o cara jurar que ia reformar o teatro. E na excursão seguinte a maioria tinha cumprido a promessa. Não se faz mais gente de teatro assim, ou se faz, mas tudo está cada vez mais difícil. Dá vontade de desistir. Desistir nunca! Quem consegue se livrar de uma obsessão que entra na corrente sanguínea feito um vírus e, se chega ao coração, faz o órgão não funcionar direito com a abstinência?

Você ou está sonhando ou delirando, Laura, com um devaneio dentro de outro dentro de outro. Os Zés da nossa vida. Eu enfrentei vários outros diretores mais difíceis. Aqueles que me recuso a lembrar o nome, por autodefesa ou vingança, ato falho, falha técnica, sei lá! Aquele que me fez repetir o mesmo parágrafo de texto uma noite inteira. O. Mesmo. Parágrafo. A. Noite. Inteira. Madrugada. Adentro!! Só sossegou quando eu comecei a chorar sem parar. Esse era sádico, doente mental, não foi internado num sanatório? Não, foi pra uma desintoxicação básica, excesso de poeira de estrelas, mas as atrocidades que ele fez comigo nem se comparam com o que aprontou com a Isadora? Isa? Isaura, aquela que fez só uma peça e jurou que nunca mais botava os pés dentro de um teatro e cumpriu, sumiu, um talento nato, atriz linda, com presença, voz potente, charme, ganhou mil prêmios, tudo de bom e por causa dele desistiu pra sempre, se aposentou dos palcos com vinte e poucos anos...

Os diretores — homens E mulheres, não esqueci de vocês queridinhas, não tenho culpa que plural em português vai no masculino — são todos uns neuróticos, atores ou dramaturgos frustrados que adoram mandar, berrar, constranger, humilhar, existe síndrome de Mussolini? Mas não seja injusta, porque tem muitos que são tranquilos e compreensivos — pelo menos até chegar a semana da estreia — geralmente esses foram ou são atores também, sabem a dureza que é se expor num palco, sabem que mesmo escondido por trás de personagem, caracterização, figurino, maquiagem, luz, a gente se mostra como é. Esses diretores nos empurram para irmos mais longe, nos arriscarmos, para sairmos da zona de conforto. Mas tem dois ou três desses caras que eu não perdoo, ódio eterno, a lembrança indelével das semanas intermináveis que passei trancada numa sala de ensaio me aguça a sede de vingança, a vontade de ganhar todos os prêmios e esfregar na cara deles: olha aqui o que consegui sozinha! Sem a sua ajuda, aliás, apesar de você me atrapalhar, impedir minha concentração, me interromper a cada frase para exercer seu poder e impedir que o personagem vá se formando dentro de mim para depois pôr pra fora. Vingança mesmo: quando um deles me chama pra trabalho novo, eu esnobo. Que pena, querido. Talvez daqui a quarenta anos. Me liga, tá?

Diretor se ressente pelo fato de o trabalho deles sumir assim que termina a última sessão da temporada. Some tudo mesmo: as grandes concepções, as sacadas inspiradas, as marcações originais e espalhafatosas para o estilo, a assinatura deles aparecer no palco e eles se sobressaírem. Cada interpretação deixa marcas na gente, faz a gente evoluir, crescer, amadurecer, se aprimorar e eles, tadinhos, depois da estreia sentem-se como os pais que viajam e quando voltam a mãe e os filhos estão feito um time, uma trupe cheia de cumplicidade, empatia, camaradagem, segredos, combinações. Mas não é sempre assim, Laura, quanta briga, quanto mau humor, quanta luta de facções podem acontecer num elenco, mania de generalizar, de pensar nas coisas como se tudo acontece como nas comédias de cinema francês. Confessa! Uma Alice Montserrat habita seu âmago, Laura. Você é uma cria de jaguatirica com jararaca, não dá trégua pro sujeito que está com a batuta na mão. E se ele não segura na outra mão um chicote, não sobrevive na jaula com os atores, os tigres, ursos, leões e outros *pred-atores*...

Não à toa que me apelidaram de Tigresa. Tá, não sou aquela da canção Caetano, mas poderia ser. Por quê? Porque eu fiz "*Hair*", lembra? Me lembro perfeitamente de quando começaram a usar esse apelido pra mim: foi naquele teatro meio depenado, que depois reformaram, quando eu dei uma de Madame Meyer e destruí um camarim. Errei, fui exagerada, *over acting*-ei, mas ui! foi catártico até o último fio do meu cabelo. Eu passei boa parte da infância e adolescência vendo a Adélia representar o papel de estrela máxima dos palcos brasileiros, linda sem ser bonita, mais temperamental que todas as outras atrizes do país juntas, rica, poderosa e com uma boa dose de descontrole psíquico, emocional e espiritual; quando ela estava com a macaca, destruía o camarim que ocupava, que era *the best* daquele teatro, óbvio. Pelo simples fato de que destruía e ponto. Eu só me senti uma de suas sucessoras depois que pratiquei esse esporte. No dia seguinte, alguém soltou um "tigresaaaaa" assim que eu cheguei no teatro. Antes do fim da apresentação estavam todos chamando a desequilibrada mental disso e só isso, nada mais que isso, por todos os séculos e séculos, saravá!

Na saída da noite do quebra-quebra já tinha tomado um Lexotan. Ou foram dois? Três! Quando abri a porta do cômodo em ruínas, já banhada, penteada, perfumada e remaquiada, óbvio, elas estavam lá me esperando, cada uma com um presentinho na mão, as três fãs, as mais insistentes, persistentes, pacientes, três entes queridos que não faltavam a nenhuma estreia minha. E eu não sabia bem o que fazer quando vi as três carinhas: se ficava constrangida ou orgulhosa da minha insanidade temporária.

As testemunhas me aplaudiram. Convidei o trio ternura pra jantar num restaurante francês chiquérrimo e caríssimo só nós quatro, a rainha e o séquito. Tenho certeza de que falei demais, bebi vinho demais, contei coisas que não devia, me abri para as três estranhas. Estranhas nada! Talvez elas sejam minhas melhores amigas, as melhores que tive na vida. Elas e a Estela. A Estela é a sacerdotiza dos princípios. Não faz comercial de qualquer produto, seleciona o que vai anunciar. Tão meiga a Estela!

Bem que eu a-do-ro e não rejeito um *merchan*, que a vida tem cada vez mais coisas *made in china* que a gente deseja. Isso é natural! É o mundo pós-moderno e ponto. Mas de onde está vindo este som? Dependendo da época desse sonho, pode ser até fita cassete. Cada ideia! Que antiguinha, Laura! Ai, agora dei pra melancólica, só me faltava essa. *... e no teu olhar, tonto de emoção...* Espera aí, essa música não termina nunca, então é sonho mesmo porque parece que está passando um tempão e depois, já foi provado numa universidade norte-americana, só se passaram alguns minutos, segundos, sei lá. Agora estou numa atmosfera romântica. *... sofreguidão...* Atmosfera explícita de sexo, Laura, e para de enfeitar o peru com pena de pavão. É a letra dessa música! Bom, o Fernando tá aqui do lado. Dormindo feito pedra, mas se eu der aquela insinuada didática e sensual com a coxa, ele acorda. Isso eu adoro no Fernando — sempre pronto pra ação! Gosto mais na interpretação da Elis. Saudades dela, era ótima, divertida, furacão mesmo. Quem será que está cantando? Desligaram o motor do carro. Que carro? Eu estou na minha cama!

Continua abafado aqui. Vou ter que acordar o Fernando. Quer dizer, eu preciso acordar primeiro e então acordar o Fernando. E se eu acordar e desse meu fogo não sobrar nem brasa? Que é que vou dizer pro coitado? Que besteira, meu corpo está tomado de desejo por um homem — que é meu marido —, algo perfeito, normal, saudável, não tem nada de estranho nisso. Tem algo de estranho nisso? Um monte de gente acorda de madrugada e vai até a cozinha, abre a geladeira e... come. Tá com fome, come. Normal. Fita cassete, jesuscristo! Nem sou tão velha assim, quanta idiotice que a gente pensa na calada da noite! E modéstia à parte, tô bem inteira. Pensa que não noto que me comem com os olhos o tempo todo? Homens enlouquecidos. E mulheres também, sem falsos moralismos! Tô inteiríssima. Também, pudera, me arrebento todo dia com o Val — Ariovalter, no R.G. — meu *personal trainer*, mas vale a pena. O Fernando é louco por mim. É dar uma encostadinha... Ai, agora me veio uma moleza, de repente. Um torpor. Passou aquele afogueamento, aquela lascívia. Será que é sintoma de menopausa? Meu Deus! Essa coisa de oscilação de humor... humor não!, porque não tem nada de engraçado nisso! Oscilação de tesão? Qual será o termo técnico? Laura, relaxa! Foi a música. Só pode ter sido. *... com sofreguidão, mil venturas...* Passou. Espera aí! O que é isso? O Fernando acordou e me pegou no colo? Tá querendo entrar na casa me carregando, claro, todo noivo faz isso. Laura! Todo noivo de filme enlatado faz isso. E a palavra "noivo" tá em franco declínio, em vias de desaparecer do vocabulário! Ninguém mais noiva hoje em dia. Que lindo era usar a aliança na mão direita por um tempo e depois ele enfiar, na frente de testemunhas, na mão esquerda. Agora vão todos direto para a lua de mel e, se não se divorciarem, aí casam. E só no civil... Não, ainda tem muita mulher, atriz tem de monte, que casa na Candelária, com padre, véu, grinalda, buquê, arroz na saída, daminha, que caretice, e aquela passarela enooorme, que coisa linda. Passarela, Laura? Corredor? O Fernando não quis nem ouvir falar, acho que ele é ateu, e eu sou à toa, ai, que infame! Eu me imaginei milhares de vezes entrando com um véu mais comprido que o da *lady* Di! Fica pra próxima. Não, fica pro próximo! Pombas, se liga, Laura, o Fernando não é seu noivo, é seu marido e está dormindo, a não ser que tenha virado sonâmbulo. Onde está indo com meu corpo? Jogar na lata de lixo? Num incinerador? Não tô tão acabada assim, Fer! Dá uma colher de chá, amor! Amor? Espera aí! Se não é ele, quem é? Príncipe? Beijei algum sapo ontem de noite? Deixa de ser tonta, Laura! É só você, que está dormindo e sonhando umas coisas esquisitas e tendo sensações bizarras, alucinações, frenesis, devaneios. Quase dormindo, quer dizer.

Pousamos. Aterrissei. Quer dizer, fui aterrissada. Senhores passageiros, por favor mantenham-se sentados com os cintos afivelados até a parada total da aeronave... Ai, não me larga, não, que tá bom. E ainda por cima tá tocando bem naquela partinha secreta das costas que me dá muuuuito tesão. Zona erógena — que nome mais grotesco —, prefiro partinha secreta. Eu sei que homem de-tes-ta diminutivos, mas eles não precisam saber que nome eu dou, eles só precisam tocar, alisar, acariciar e o etc. completo. Tô adorando essa coisa toda que nem sei o que é.

Alguém — que eu desconheço — me tirou do carro e me carregou até aqui. Aqui que eu não sei onde é. Tem que ser um cara forte pra aguentar um mulherão como eu. Um cara forte, macho pra valer, tipo aquele lindinho da sonoplastia que outro dia entrou no cenário e disse, todo reverente: "*Desculpe o transtorno, tenho que passar um cabo por aqui.*" Passa, meu anjo, passa à vontade, transtorna, passa quantos cabos forem necessários. Qual a bitola do cabo, *mon chou*? Que horror, Laura, casadíssima! E com um homem que nunca te deixou à míngua. Pode falar o que quiser do Fernando, menos isso. Não precisa sonhar com o Técnico de Cabeamentos em Geral. Evolui, mulher! Não seja *vintage* como a Blanche. Cada palavra que entra na moda! Vintage é só um eufemismo, uma maneira simpática e *cult* de dizer "sucata", "traste", "velharia". Tadinha da Blanche. Não sei porque me lembrei dela: *...eu sempre dependi da bondade de estranhos...* Ainda quero fazer a Blanche. Mas depois da Geni, tô me sentindo meio puta ultimamente. Meu desejo atual é que minha nudez seja castigada em público. Ah, ninguém encena mais essas peças freudianas do Tennessee Williams. A Blanche é tão patética, coitadinha. Mas se tem alguém que depende da bondade de estranhos, é a atriz. Se não é sempre o mesmo maquiador, o mesmo rapaz do cabo de microfone, os mesmos câmeras. Se não é amigo, é estranho, e se não é bondoso, você pode se dar bem. Mal. Bem mal. Eles podem te derrubar, puxar o tapete e te fazer cair de cara na calçada. Tapete, o vermelho, e calçada, a tal da fama!

Esse indivíduo que me carregou até aqui deve ser gostosíssimo. Sim, notei o perfume. Meio popular, vulgar, mas excitante. Lembrei do anúncio do *Italian Pine* quando eu era mocinha. Deve ser água-de-colônia de supermercado, mas vai. Se quiser ser bondoso comigo, Seu Estranho, agradeço a preferência. Capricha na bondade. Pode até ser uma bondade meio perversa. Meio bruta. Ai, que promíscua. Ai, que delícia de sonho. Mesmo assim! Pega leve, Laura. Tá bem, devassa, vadia, piranha e daí? E só está acontecendo na minha cabeça! Aqui posso ter o homem que eu quiser. E só quero o Fernando, isso é muito claro. É um carinha forte, mas delicado — percebi pela maneira como me colocou na cama. Bom, se tivesse me atirado com certa violência eu também teria gostado, estou sendo sincera, que uma feminista não me ouça. Meu pirata. Meu príncipe. Meu... Laura, pirata? Que coisa mais vetusta. Fixação em tapa-olho? Em braço de madeira? Papagaio no ombro? Tá, pode ser com o corpo daquele Técnico que já dá pro gasto. Espera aí. Que cama é essa? Espera aí só um pouco. Ainda estou meio tonta.

É essa cama! É essa cama que está me deixando louca! Por que será que a gente pensa tanta bobagem no meio da noite? Tudo tão escuro. Óbvio, sua louca, você dorme de máscara. Acorda! Espera aí, eu não posso tirar de qualquer jeito porque estraga o meu cabelo, e vai ser preciso fazer escova que leva horas e horas e é dolorido e é um trabalho braçal pra cabeleireira, ou cabeleireiros, que aliás são mais alucinados e hilários, as verdadeiras estrelas do local, fora o bafo quente e o barulho horrendo do secador no ouvido. Que inferno, amanhã a gravação vai começar cedo e eu tenho que estar lá cedíssimo e não posso chegar feito uma bruxa. Cedíssimo, não vai dar tempo pra refazer os cachos ondulados da Alice. E é duro começar um dia comprido com aquela hostilidade no ar se a gente atrasa a equipe! "Coisa de estrela!" "Pensa que está em Hollywood!" Vou ter que acordar o Fernando espera aí! Que aflição, esse braço de homem não parece ser do meu Fernando. Ele não tem tanto pelo! Infelizmente, porque eu adoro pelo, mas espera aí! Só pode ser ele, você não acordou direito, e tem aquela coisa dos comprimidos, lembra? Lembra de não contar pra ele, senão ele vai se ver na obrigação de repetir o discurso do *"se cuidar mais pra evitar tanto estresse... o médico já disse que..."* Fernando! Cadê você?

Laura sentou-se na cama.

— Amor?

Passou timidamente a mão sobre o lençol e estranhou a aspereza do tecido.

— Esse não é um dos meus egípcios de 1500 fios, que lençol é esse que a Rô colocou? E esse cheiro enjoativo? Não tá sentindo um cheiro esquisito aqui, de oficina mecânica, de posto de gasolina, de porão de maníaco, masmorra de *serial killer*? Sei lá eu! Será que é a cera que a Rô passou nesse assoalho?

Tateou, procurou ao seu lado a mão do marido, o braço do marido, qualquer parte do corpo do marido. Não achou.

Ali no quarto, bem perto da cama, um homem a observava. Ele sorria sem parar e estava estampada em seu rosto uma alegria quase eufórica por estar vendo — ao vivo! — uma pessoa que ele conhecia desde sempre, das novelas de televisão, dos programas do domingo, de capas de revista, dos comerciais de tudo que se possa imaginar, de carros a chester de Natal, passando por seguro de vida e panelas de teflon.

Ele tinha pele morena, cabelo castanho e barba de uns três dias. Alto, troncudo e incrivelmente másculo. Um cara em forma, que sabia se defender, brigar, intimidar, estraçalhar, se necessário. Simpático, boa gente e pacífico, até que alguém o ameaçasse, tentasse assaltá-lo ou matá-lo, ou o contratasse para ameaçar, assaltar, matar, sequestrar, essas coisas do ramo. Ao mesmo tempo, parecia um garoto de sete anos ocupando um corpo de homem de vinte e sete, sem o cinismo, a arrogância e a hipocrisia de um adulto. Alguém que foi preservado daquele conhecimento torturante que enfiam na cabeça de crianças e de adolescentes, de quase todo mundo, durante doze, quatorze, dezoito anos — ou a vida toda. Tinha sua sabedoria própria, seu próprio código de onde retirava o conhecimento vital para sobreviver na periferia das zonas de conforto das grandes cidades, onde vivem os privilegiados, os bem-nascidos que se isolam em seus pequenos parques temáticos, com o glamour tosco das cópias falsificadas, na versão exibida e comercializada nas telenovelas, nos filmes de grande sucesso e cinco estrelinhas no jornal, nas séries da vida de gente abastada de outro hemisfério.

Sentada, com a máscara ainda cobrindo os olhos, ela disse:

— Ai, amorzinho! Não estou conseguindo dormir!

Ele ficou parado, o sorriso paralisado, tentando entender o que tinha ouvido. Ela não está conseguindo o quê? Ela acabou de acordar! Ou não? Ela já estava acordada antes de chegar ali? Amorzinho?

Ele reprimiu a vontade de fazer essas e muitas outras perguntas, porque ela disse:

— O que você acha de eu tomar mais um comprimido, aquele não fez efeito.... só meio, então. Meu bem! Responde, vai, me recrimina, me xinga, mas fala alguma coisa, eu não suporto este silêncio reprovador.

Ela se deitou enquanto disse:

— Ai, que tonta, acho que ainda estou dormindo.

Ele tapou sua boca com a mão pra evitar dizer "Tá, tá mesmo, dona."

Como se não estivesse quase gritando até então, ela em seguida falou em voz baixa, para seu marido não levar um susto ao acordar. Ele odiava susto. Ele suportava tudo com bom humor. Menos susto.

— Meu bem, acorda, vai. Tá escuro demais com essa máscara... e sem a sua ajuda eu não consigo tirar.

Suspirou, chamou mais alto:

— Amor! Amor?

Começou a rir porque pensou em repetir a brincadeira: "Eu estou dando praquele professor de natação. Bem gostoso. Em estilo borboleta. Escarpado."

Ela riu mais alto. Suspirou, gemeu, bufou. Chamou, impaciente:

— Vem me ajudar, Ferzinho! Não adianta fingir que não está aí. Eu sei que você está aí. Eu sinto.

Em seguida, chamou com o tom de voz um pouco mais alto, impaciente:

— Fernaaandô! É uma questão profissional. Você sabe que tirar essa máscara sem alguém segurando o cabelo ou vice-versa, simplesmente des-trói os birotes cheios de grampo que se transformam nas ondas resplandecentes dos cachos da Alice!

Ele nunca tinha visto pessoa mais engraçada, naturalmente engraçada, sem precisar fazer careta ou contar piada cabeluda. Ela era como aquele palhaço que ele viu quando pequeno, aquele grande artista que, sem dizer uma só palavra, fazia a multidão gargalhar, não precisava estapear um colega ou ser estapeado, nem se estatelar no chão para que o público aplaudisse; nunca esqueceu aquele homem bem feio e meio esquisito que o fez fazer xixi na calça de tanto rir.

Laura sentiu, ao mesmo tempo, desapontamento, uma leve histeria, solidão, irritação, um início de fúria e reclamou:

— Como você está horrivelmente frio comigo! Afinal, está dormindo sem roncar ou está morto? Ai, desculpe, eu não disse isso. Não. Disse sim. Ei!

Seu corpo se tensionou, um frio na barriga, suor na testa, sangue latejando na cabeça, os ouvidos duas caixas de som viradas para dentro, ampliando as batidas disparadas do coração e a respiração: ela ouviu um riso grave.

Que sensação estranha! Esse riso foi grave demais. Certeza absoluta de que não é a risada dele. É outro ele. Que ele? Que será que quer dizer isso tudo? Eu sonhando com outro homem, pior, eu desejando outro homem!? E parece tão real, tão incrivelmente real que eu estaria úmida se não estivesse suando frio de tanto medo... *com sofreguidão, mil venturas previ...* E essa música que continua me perseguindo? Tô apavorada, isso sim. Calma, tenho que me controlar. Meu corpo está tremendo, que agonia! Ai, já pensou se fosse mesmo outro cara? Bom demais. Quer dizer, péssimo! Abominável! Nojento! Asqueroso! Para, Laura, você não vai conseguir me convencer de que não seria um êxtase total!

Ela estendeu os braços na direção dele e se inclinou na beira da cama.

Ele estendeu os braços na direção dela e deu um passo, sem hesitar, como um cavalheiro que se levanta quando uma dama entra no recinto ou se afasta e abre a porta para uma mulher passar.

Ela encostou num braço dele, que ficou parado, aturdido pelo movimento repentino. Ela retirou imediatamente a mão, como se tivesse encostado em fogo ou gelo e inclinou o corpo para trás, enquanto disse:

— Que estranho!

Ele continuou parado, tentando não fazer barulho ao respirar. Ela parecia um bicho que espreita, que aguarda os ruídos, os movimentos de um sorrateiro predador.

Certeza que tem alguém bem perto e não é o Fernando. Eu não estou no meu quarto? Calma, é tudo fantasia. Estou acordando. Tive um pesadelo. Um pesadelo ótimo. Pena que acabou. Ai, graças a Deus acabou. De madrugada a cabeça da gente perde a noção de decência. Normal. Foram só uns segundinhos de sonho — nem chegamos às vias de fato. E para de se sentir uma criminosa só porque pensou em outro homem, só porque desejou que ele te comesse feito um huno! Ai, nem pensei isso! Huno é overdose, um viking já estava de bom tamanho. Nem passou, nem remotamente, esse tipo de coisa pela minha cabeça. Passou só pelo meu corpo. E corpo a gente não controla mesmo. Para de moralismos, Laura.

Num lance instintivo, ela arrancou a máscara, dizendo:

— Ai, que aflição, amor, me deu a impressão de que você não era você, era outro amor. Não! Era outro, amor. Olha só como uma vírgula faz diferença. Vamos prestar mais atenção nas vírgulas, meu a... ah!... ah...

Ele sorriu para ela, que olhou para ele, desviou o olhar, olhou em volta, para cima, pro outro lado, para trás.

Meu Santo Expedito, ainda está se desenrolando a cena! Cena não, o sonho, um delírio esquisitíssimo. Ainda estou dentro do sonho, caramba. Não tem Fernando aqui não. E eu estava certíssima: aqui não é o meu quarto. Cheiro de cera mesmo. Querosene? Que é que eu faço? Eu não li esse capítulo, não decorei o texto, nem dei uma lida! Que é que eu digo? Ele se parece um pouco com o carinha dos cabos, mas é mais fortinho. Que mãozona! *O teu corpo é luz, sedução.* Quem é esse sujeito? Tô aqui, totalmente indefesa, com um estranho. Gostoso, bem gostoso, aliás. *O teu corpo seduz, que tesão!* Eu não ouvi isso. Eu pensei isso. Eu sou bem mais sem-vergonha do que pensei que ia ficar com a idade, na verdade eu não tenho essa idade, estou prisioneira dentro de um corpo muitos anos mais velho que eu! E esse cara, parece estar me comendo com os olhos, também pudera, com essa camisola indecente, o que mais eu podia querer? Realmente, Laura, o que mais você poderia desejar? Mas e se for violento? Indecente nada, é uma das camisolas que eu uso com o meu marido! Bem que podia estar com aquelas sexy com espartilho e renda que eu comprei em Paris! Ai, aquela está mofando dentro de uma gaveta no closet. Pelo menos não é um pijama de flanela cinza. Que pesadelo!

Ela voltou o olhar para ele e tentou gritar. Não saiu nenhum som. Tentou de novo e de novo e de novo. Seus olhos, suas mãos, seu corpo todo gritava, mas sua boca não.

Ele teve um ataque de riso que, conforme ela tentava gritar outras vezes, piorou, aumentou, virou gargalhada. Ela se inclinou para trás, olhou ao redor, mais para desviar o olhar dele do que para escanear o ambiente, isso ela já tinha feito.

Calma, é só organizar os pensamentos: hoje pela manhã eu desejei o carinha dos cabos, fui pra casa depois da gravação com isso no subconsciente ou sei lá onde, exagerei na dose dos comprimidos pra dormir, agora estou tendo uma alucinação bem realista, tomei três, não, quatro, não, três, não, foram cinco. Onde que estava com a cabeça? Onde que eu estou com a cabeça, isso sim. Laura!, foram só três! Ingerir a partir de quatro, com a tarja pretíssima na embalagem, tarja nigérrima, pode ser considerado tentativa de suicídio, pode dar cadeia, é proibido se matar, e se morrer de verdade então, nem se fala, o governo garante esse direito que todo cidadão tem de não se matar. O que mesmo?

Ah! Essa loucura ao meu redor! Deve ser uma reação natural, o Fernando estará dormindo do meu lado quando eu acordar, estraguei meus cachos ondulados, já me dei mal, esse cara é um tesão, me dei bem, eu podia estar sonhando com o seu Bentinho da portaria, mas claro, é fruto dos meus desejos reprimidos, a gravação vai atrasar porque tenho que refazer o cabelo, mas que insolente esse moço, aí me vigiando feito um bandido, fazendo o cara mau da história! Podia era me explicar o que está acontecendo. Ai, explicar nada, eu lá quero explicação? Tô mais pra uma trepada de filme pornô. Que tragicômico esse negócio! *Teu sorriso prende, inebria, entontece.* Podia era tentar me seduzir de uma vez, que sonho é assim, quando a gente tá chegando no bem bom, puf, acaba. Aí é aquela tristeza, aquele desconsolo, o corpo tão tristinho quando a coisa não se resolve. E aquele mau humor no outro dia. Quem é esse cara, Deus misericordioso, tô com um medo danado. Medo? Virou virgem, Laura? Ele é que devia ter medo de loba! E hoje eu estou com a alcateia inteira dentro de mim.

Ela parou de tentar gritar e enxugou as lágrimas.

Ele parou de rir e enxugou as lágrimas do rosto, enquanto estendia os braços e dava um passo na direção dela, deixando Laura mais assustada, amedrontada, apavorada, aterrorizada, e a fez tentar gritar outra vez.

Ele recolheu os braços, sem achar graça. Sentiu pena. E preocupação pelo que teria que fazer se ela realmente começasse a gritar. Ela desistiu de gritar. Ficou vermelha, suada, veias saltadas, músculos tesos. Que será que ela está pensando? Parece tão inocente!

Que cara mais devagar! Que songa-monga! Pena que não tem um diretor aqui pra gritar "Gravando!" pra ele entrar em ação duma vez. Ah, ainda bem que não tem aquele batalhão de gente em volta, assistente disso e daquilo, continuísta, iluminador. Tá bom esse clima mais... mais "íntimo". Ai, pobre de mim, nas garras desse maníaco existencialista, pior, contemplativo! Calma, agora tá explicado: é pesadelo mesmo, pesadelo seríssimo, cometi um pecado e tenho que sofrer essa provação das brabas: estou num quarto de hotel barato com um bandido terrível e gostosíssimo que a) tem convicções religiosas inabaláveis e só praticará sexo após recebermos as sagradas bênçãos do matrimônio, ou b) é um eunuco, ou, pior ainda, c) não gostou do meu tipo, prefere as mais cheinhas, não gosta das altas, se assustou com meu cabelo de bruxa, achou minha camisola vulgar e broxou, me achou parecida com a mãe dele e broxou, tá mais preocupado com o jogo de futebol que o time dele tá perdendo de três a zero, é casado e ama a esposa, é casado e ama o marido, ou não tá a fim, simplesmente, tá com dor de cabeça, tá naqueles dias. Homem tem isso ou só em sonho?

Ele não precisava de um espelho para saber que também tinha ficado vermelho. Imaginou que para ela devia parecer o seguinte: alguém bem constrangido, um tipo meio palerma, um cara que olhava para tudo que é lado — e, principalmente, pro chão — mas que sabia que teria que encará-la.

Mas que que é isso, meu garoto? Ah, ele logo recupera a autoestima, afinal, não é um banana, um covarde, ele é profissional dos melhores, faz o que mandarem fazer, não hesita, sempre fez o que o pagaram para fazer. E com requintes! Estudou nas melhores escolas da vida! Não é agora que vai vacilar, só porque aquela mulher ali na frente dele é uma artista famosa, rica, linda, poderosa, *sexy*, gostosa pra caramba, que pernas! É famosa, mas isso não faz a menor diferença. Naquela profissão dele tem que tratar todo mundo igual!

Ele se pôs em movimento. Tática de ação é o que não falta! Tinha treinamento. Tinha agilidade. Tinha experiência. Tinha manha.

Antes que ele encostasse nela, Laura apagou e tombou sobre o colchão coberto por um lençol de apenas 80 fios. Talvez até menos.

maridíssimo

Aqui! Acordada! Sã e salva! Mais salva que sã, mas aqui! Depois de um sonho muito comprido e intenso. Sonho nada, pesadelo! Mil loucuras! Mas acabou, *c'est fini, it's over*, felizmente acordada e livre daquela maluquice! Que quarto esplêndido e MEU! Que perfume delicioso de limpeza, que lençóis magníficos, flores de verdade no vaso, ambiente de máximo bom gosto, cortinas modernas e elegantes, poltrona de couro lindíssima combinando com os tapetes finos e, o melhor de tudo... um marido de verdade, de carne e osso, com o pijama combinando com a minha camisola, senão eu não pego no sono por nada nesse mundo... frescura coisa nenhuma, nasci com temperamento artístico... vai fazer o quê, mas hoje eu até aceitava se ele estivesse com uma daquelas cuecas folgadas e sem camisa... que português criativo foi esse que inventou essa de alguém "pegar no sono" quando adormece, deve ser por isso que eu tenho tanta insônia. Tenho "alma de artista", sempre tive dificuldade com esportes, nunca aceitei ter que me esforçar feito louca pra correr atrás de uma bola e jogar, socar, chutar, mas o que eu estava pensando era sobre o fato de o Fernando estar aqui ao meu lado, respirando normalmente. Quer dizer, roncando normalmente aqui do lado. Foi só um pesadelo bobo e sem sentido. Mas bem realista, tinha até fundo musical na história, e cheiro de cera vagabunda! Foram aqueles comprimidos a mais, só pode ter sido isso.

Ai, jesusamado, eu pensei coisas grotescas. Eu senti coisas grotescas! Fui até meio vulgar. Vou ter que contar pro Fernando. Será que ele me desculpa? Acho importantíssimo o Fernando saber. Como meu marido, acho essencial ele saber. Vou contar tudo. A gente precisa discutir isso na relação, não passar por cima das coisas como se elas não tivessem acontecido. Não vou esconder nada. Mas quero deixar bem claro que não estou carente, nem insatisfeita com ele. Pelo contrário! Eu estava meio dopada, só isso. Eu não fico pensando em sexo o tempo todo. Quer dizer, se penso, é com ele. E eu adoro o Fernando, adoro cada detalhe dele, a voz, as mãos, a pele, bom, a voz podia ser um pouco mais grave, mas não tem problema, e as mãos podiam ser um pouco maiores, mas eu gosto dele como ele é, e se tivesse um pouquinho mais de pelos no corpo, eu não reclamava, mas eu adoro o Fernando do jeitinho que ele é! E na cama, tá tudo perfeito. Nessa ou em qualquer outra cama só tem graça se for com o Fernando!

Vou ter que contar que o traí. Quer dizer, no sonho, no pesadelo. Quase traí. Estive num quarto com outro homem, com essa camisola, inclusive, de máscara, ai, será que a máscara era um fetiche? Tem alguma simbologia escondida? Aquelas coisas de sado? Que exagero, tá delirando, Laura? Mas foi delirante mesmo. E eu estava com aquele calorão estranhíssimo, tão abafado ali, era um tipo de excitação, talvez medo mesmo, um desejo intenso, misturado com um desconforto, digamos, uma lubricidade, como posso dizer? Um afervoramento do corpo, um... baita tesão. Foi horrível. Foi uma delícia. Não, foi uma besteirinha dessas de mulher no silêncio, no abandono de uma madrugada. Mas o Fer sempre me entende. Vai entender.

Vai entender nada! Vai achar que é uma bobagem minha, uma frescurinha de atriz. Não vou contar nada. Homem não entende essas coisas mais profundas. Coisas da alma. Essa sofisticação emocional eles não têm! O Fernando tem. Melhor contar mesmo. O Fernando é pura sensibilidade. Foi o que me fez passar por cima de tudo e me apaixonar incontrolavelmente por ele. Mas aí ele vem com aquele discurso de sempre, sobre o que o médico disse de estresse, e insônia, e alimentação balanceada, e como é importante tomar água de coco, uma encheção! É melhor eu manter tudo em segredo. Melhor nada! É assim que começa, esconde uma coisa hoje, às duas da manhã, duas amanhã, três depois de amanhã. Fernando e Laura: feliz, feliz, feliz... E a Martha! Olha só o que aconteceu com a Martha! Lembra? Aquele relacionamento dela com o George foi apodrecendo porque eles não se falavam. Viviam uma ilusão. Lembra? Deixaram, por anos, que as coisas não ditas se transformassem em verdadeiros fantasmas.

Lembra? Lembro... como se fosse hoje. Ah, modéstia à parte, a Martha que eu fiz foi um dos meus maiores sucessos, e o maior sucesso daquele ano, que ano? Não interessa. E eu era muito jovem! A crítica elogiou demais isso, a minha maturidade para interpretar uma personagem mais velha e com dramas que eu nem tinha vivido. APCA, Shell e Molière de Melhor Atriz. E o Mambembe também foi meu. Bem dispensável, uma coisa mambembe mesmo, esculpida em metal, e o quê?... Ah, a "Quem tem medo de Virginia Woolf": adoro quando ela diz, naquele monólogo: *George e Martha: triste, triste, triste.* Pra mim o Albee é um dos melhores dramaturgos de todos os tempos. E esse título é incrível! Fiquei rindo uma noite inteira quando me contaram que era um trocadilho com aquela musiquinha "Quem tem medo do Lobo Mau", naquela época não sabia direito quem era a Virginia, viu como eu sou humilde o suficiente para confessar uma ignoranciazinha antiga? Tá, tudo bem, em português não funciona porque a graça está no fato de que "woolf" é lobo. Daí que nunca ninguém entendeu direito o nome da peça por aqui. Ah, tanto faz. Só interessa o seguinte: a nossa foi considerada a melhor montagem dessa peça no país! Mas tem que ser uma atriz muito boa mesmo pra entender aquele papel.

Modéstia à parte, não é para qualquer uma. É preciso ter talento, técnica, sensibilidade, ousadia, cultura e inteligência! E eu pensei que iam dizer que atriz de telenovela não devia se meter a besta de enfrentar uma monstra sagrada dessas! Ora, Ilmos. Críticos, eu já fazia teatro muito antes da primeira novela! Praticamente nasci no palco! A crítica, sempre impiedosa. Foi assim com o Hemingway, não foi? Não aguentou a pressão, a cobrança da crítica. Ai, o Hemingway nunca foi ator, péssimo exemplo! Vá lá: Tennessee Williams. Também não foi, mas tá melhor que o Hem, pelo menos era de teatro, que eu só parei de fazer por um tempinho, porque fui emendando uma coisa na outra, uma minissérie, um especial, aqueles dois filmes. Tá na hora de eu aceitar fazer mais filme. Quanta lembrança boa com a "Quem tem medo de Virginia Woolf"! A Estela ganhou os mesmos prêmios, mas de Melhor Coadjuvante, ela estava ótima mesmo. Roubou algumas cenas, mas tudo bem, ficou quietinha nas cenas mais importantes, aquelas em que uma coadjuvante pode derrubar a estrela. Estela.

Ai, a Estela. Bateu uma saudade da Estela! Tá, ela é minha arqui-inimiga agora, mas bateu saudade daqueles tempos. Grande coisa uma incoerenciazinha de vez em quando. "*Woman, they name is incoherence!*" Shakespeare. Mentira, Laura, você está manipulando a fala do Bardo. Se nós ainda fôssemos amigas, eu contava o sonho pra Estela e tudo resolvido. Ela me ajudava a analisar, a gente filosofava um pouco, lastimava uns minutos e depois dava umas risadas ótimas e pronto. Mas vou contar pro Fernando cada segundo do sonho pra evitar que se criem essas zonas obscuras entre a gente. Vai mesmo, sua boba, conta tudo. Deixe que ele pense que você é uma maluca, uma tresloucada! Cada um dos componentes de um casal tem que ter sua privacidade, sua vida interior pessoal. Isso de dividir tudo é balela, é exposição desnecessária. É como dar detalhes do que você faz no banheiro. Não precisa. É sórdido e desnecessário. Faz perder a aura de encantamento da relação. A gente acaba enjoando um do outro com isso de contar tudo. Não sobra um espaço individual pra você respirar. Vou contar sim. Vou contar agora mesmo.

O Fernando é lindo. Não, ele é bonitinho. Não, é bonito, vai. Falta alguma coisa nesse corpo, ai, que horror, mas é que falta mesmo, será que é testosterona? Falta uma coisa que aquele cara do sonho tinha, mas aí é que tá, Laura, o Fer é de verdade, lembra? A gente combinou que não ia mais fazer aquele tipo de viagem, de delírio, de derivação. Sabe por que você quer contar pro Fernando? Você quer fabricar uma pontinha de ciúme, faz falta, porque ele não pergunta onde que eu fui, por que estou voltando tão tarde, por que estou indo direto do "Querido, cheguei!" pro banho sem nem dar um beijinho, por que estou chegando da rua com o cabelo molhado. Não é, não, eu só quero ser sincera! Aberta. Espontânea. Amada. Desejada. Agarrada. Espancada de mentirinha. Lambida. Laura, um dia desses você vai acordar numa clínica para doentes nervosos. Que vergonha, deixa de ser exótica. Você não é aquele bicho do aquário de Santos. Nem sereia. Nem sirigaita. Nem seriema. Nem... nada... o que era mesmo? Ah, o Fer. Lembra? É, chega, Laura, acorda, e acorda o Fer! Acorda, Fernando!

— Acorda. Fernando.

Ela falou em voz baixa e sem encostar no marido. Sabia que se o acordasse com susto, ia conversar com um urso cuja hibernação fora interrompida.

— Acorda, Fernando!...

Ele não se mexeu. Roncou. Roncou mais alto. Ela reprimiu a vontade de sacudi-lo e berrar. Mas chamou quase gritando, e a mão direita aflita no ombro dele.

— Acorda! Fernan-dô!

Ele pegou ar, como se estivesse sem respirar desde o início da noite, bebeu a inspiração como se estivesse com fome e sede de oxigênio, mas não ficou sentado na cama. É só nos filmes de terror que as pessoas ficam sentadas imediatamente ao acordar. Em desenho animado também. Na vida real, mesmo se um lobisomem pegar em você e urrar no teu ouvido, você não vai ficar imediatamente sentado. Foi o que passou em frações de segundos na mente dele.

— O que foi?

Ele disse isso com uma voz meio rouca, meio débil, ela achou aquilo muito pouco, queria mais cumplicidade, queria que ele ficasse sentado, com os olhos arregalados e olhasse para ela com desespero, querendo saber o que a afligia. Ela falou com a voz que usava no palco, para ser ouvida na última fileira da plateia, com uma mão no peito:

— Acorda e senta pelo amor de Deus!

Ele fez o que ela queria. Ficou sentado, com os olhos bem abertos, preocupado e ao mesmo tempo, desconfiado de que tinha sido acordado à toa:

— O que foi? A casa? Pegando fogo? Caindo o?

— Não. Eu tive um pesadelo.

Ela disse isso como se dissesse que um pesadelo dela equivalia a um desastre pior que estar com chamas em volta da cama e os dois ensopados em gasolina. Ele caiu deitado na cama, olhando pro teto, sem acreditar mas acreditando ao mesmo tempo, porque ele a conhecia, porque ele estava casado com ela fazia mais de..., mais de, ele não se lembrava direito, mas era tempo pra caramba, uns dois anos, quase mil dias que ele dormia na mesma cama que ela, e ele a conhecia fazia mais de cinco anos, mais de cinco MIL anos, mas agora nem dava pra calcular quanto era isso em dias:

— Eu não acredito. (Putz!).

Ela entendeu literalmente que ele não acreditou, e responde ingênua, infantil:

— Mas é verdade, amorzinho.

— Sei. (Porra!).

— Foi um pesadelo terrível. Eu não ia inventar uma coisa dessas.

— Claro que. (Puta que pariu!).

— Pombas, por que você sempre tem que duvidar de mim?

Ele olhou para ela, que entendeu que ele acreditou, sim, que ela teve um pesadelo, ele não acreditava é que ela o tivesse acordado por causa disso. O suspiro que ele deu, misturado com um grunhido ou um rosnado, como um cachorro que consegue latir e ganir ao mesmo tempo, a fez olhar para o outro lado.

— Por tudo que é mais sagrado, me deixa dormir, Laura.

— Mas Ferzinho, eu tive um pesadelo.

— E eu com isso? (Sua vaca do caralho).

— Mas eu estou dizendo que eu tive um pesadelo!

— É mesmo? (E quem é você? A rainha da Inglaterra? A She-Ha? Aquela... Ah! Carlota Joaquina?).

Laura entendeu e, de repente, concordou que era absurdo alguém acordar outro alguém por causa de um simples pesadelo.

Que atrocidade isso que eu fiz de acordar o coitadinho no meio da noite por praticamente nada. Laura, isso não se faz. Fui muuuuito prepotente, fui tirânica, opressora, arrogante mesmo! Verdadeira Catarina da "Megera Domada"! Tô me realizando fazendo a Megera. Ai, como eu adoro tudo do Shakespeare. Mas nunca tinha feito a Cata, só a doce Bianca quando eu era jovenzinha, *Ora perce-*

bo que nós todas estamos bem casadas! Vamos meninas. Tão meiga a Bianca, e não casaria se a irmã não se casasse antes. E no final a revelação surpresa: ela é que era a megera, e da pior espécie, a que se faz de tolinha e boazinha! Foi porque eu entendi perfeitamente esta Bianca final que recebi os mil e um elogios. Merecidos. Falta de modéstia? Que é isso, falta de falsa modéstia, isso sim, que é um pecado muito pior! Chegou a hora de eu fazer a Cata, a gata domada — ainda dou pro gasto pra fazer a megera — mas a outra gata absolutamente interessante, a do teto de zinco quente, não dá, eu gostaria tanto de ter feito, mas já estou passada e já foi, fica pra próxima encarnação.

Genial aquela peça. Eu fui absolutista com o Fernando, uma déspota boçal, uma incivilizada! Sei lá, puxei uma Clitemnestra de dentro de mim, uma Jocasta tragicamente revoltada com os homens da vida dela! O pobre homem lutou o dia todo contra as azáfamas cotidianas. E não tá fácil pra ninguém com essa crise! Viu o preço do tomate holandês? A Rô me contou e eu quase caí dura! E da trufa branca, do açafrão? Tá pela hora da morte! E o broto de lúpulo? O fim da picada! Caríssimo! E a picanha? Um assalto a mão armada! Se eu tivesse dezesseis anos, faria um treinamento militar para ser guerrilheira — eliminaria um por um os atravessadores que tiram a comida da boca das crianças famintas. Mas os dezesseis já se foram e só me resta praticar a guerrilha diária e protestar: Não! Me recuso! Eu não compro! Eu boicoto! Se a gente boicotar acaba quebrando esse governo e muda o que está aí! Coitadinho do meu Fernando! Que selvageria a sua, hein, dona Laura? A mulher sensível das entrevistas, a figura delicada e generosa da biografia, a alma nobre da matéria de página inteira! Sempre pronta para estender a mão a quem precisando esteja. Farsa! Embuste! Impostura! Uma bruta, incapaz de um pingo de alteridade, de compaixão, de destreza emocional pra se colocar no lugar do outro. E é teu marido, criatura! Não é um ser desconhecido que você viu no *shopping*, no jogo de golfe, numa exposição de orquídeas! É alguém que necessita da tua compreensão, principalmente nesses momentos difíceis, no meio da madrugada. Momentos em que a única coisa da qual ele precisa é uma boa noite de sono para enfrentar, altivo e brioso, a faina do dia seguinte em seu pequeno porém lucrativo parque industrial. Isso é o que se espera de uma esposa minimamente amorosa!

Um pesadelinho. Rápido e de enredo quase simplório. Não ia ficar horas e horas falando. É, o Fernando podia ter me dado uma bolinha. Não custava. Eu só queria contar que quase tinha trepado com um cara lindo. Só isso. Um pouquinho de atenção, pelo menos, não custava nada. Não! Pra quê? Se atirou feito um saco de batata na cama e já vai roncar em vinte segundos. Tá cansado, eu entendo, mas tinha obrigação de me ouvir. Faz parte do negócio! Um cônjuge que se preze, no fim das contas, tem que ter disponibilidade seja qual for o assunto, o dia da semana, a fase da lua. Não é um acordo? Pra que, afinal, a gente se casa? Aguenta um monte de coisa insuportável, que homem é um poço de manias absurdas, cá pra nós, toalha molhada em cima da cama, abajur aceso na cara da gente que tá querendo dormir, televisão ligada no joguinho do timeco dele em plena noite de quarta-feira, hipnotizado, e até irritado e agressivo se você faz alguma pergunta, mesmo se for no intervalo! Como eles gostam de rever gol, ouvir aqueles comentários abestalhados de ex-ídolos, os passes, os erros do juiz! O que mais? Ah! Mau humor porque o time tá em vias de ser rebaixado, porque a bola bateu na trave, porque a libra subiu, por que o iene oscilou, ai, grande coisa! E eu preocupada em me abrir, me expor pra preservar nosso lindo matrimônio. Empenhada em ser sincera, transparente, honesta no convívio conjugal. Mas tadinho, estava num sono tão gostoso. Ai, subitamente me sinto terna como um ursinho de embalagem de amaciante.

— Ai, desculpe, amor, eu te acordei!...

— Laura, não faz isso. Não é justo.

— Eu não devia ter tomado aquele comprimido.

— Devia sim, devia ter tomado seis, dez, dezenove comprimidos.

— O vidro todo? Você queria que eu tivesse me suicidado?

— Olha, nesse momento EU estou com vontade de me suicidar. Ou suicidar uma outra pessoa. E só tem você na minha frente, *baby*.

Ela quis rir, ela gostou da piada, ela adorava esse tipo de piada, ela pensou em anotar essa piada no caderninho vermelho, mas uma súbita vontade de chorar a fez olhar para o outro lado.

— É que eu fiquei tão... No pesadelo... eu fiquei super...

Eu fiquei subindo pelas paredes por aquele cara! Pesadelo nível *hard*. *Hardcore*. Com o *core hard*, entendeu? *Hard* feito jacarandá! Fúria uterina. Ponteiro do tesão lá no máximo. O Fernando não entende a gravidade disso!

A maravilha disso. Ele não viu o cara. Não sabe o perigo que aquele homem forte, sexy, peludo, com aquela voz que te atravessa, que te penetra por inteiro, representa. E eu estava fragilizada no sonho. O Fernando tem que me ajudar a encontrar o significado disso tudo. Freud! Jung! Lacan! Padre Quevedo! Pode ter alguma coisa acontecendo na minha cabeça, no meu corpo, algo que vai destruir nosso casamento. Esse desejo todo, esse fogo incontrolável. Não é normal uma coisa dessas. Aquele papo de idade da loba não justifica um comportamento assim! Claro que eu não vou falar justo pro Fernando, meu digno esposo, que eu nunca senti por ele nada parecido com isso. Senti paixão, claro, a gente fez todas aquelas loucuras de casal apaixonado, nos lugares mais improváveis, lembra aquela vez no lavabo na casa do diretor daquele comercial de margarina? Esse diretor nojento era o todo poderoso da maior produtora de comerciais. Ele tentou comprar meu corpo, me seduzir oferecendo o papel da tradicional mãe da tradicional família feliz que come uma tradicional fatia de pão MUITO coberto com MUITA margarina. Me convidou pra conhecer a coleção de cópias dos quadros mais caros e famosos do mundo, Mona Lisa, girassóis do Van Gogh, as Demoiselles d' Avignon — o pior é que eu adoraria ter visto, mas o preço era alto podre asqueroso! Eu disse coisas tão horríveis pra ele que ele me deu aquele e ainda outros papéis. Sempre tem teste pra todos os atores, mas na maioria das vezes é só fachada porque o diretor escolhe quem ele quer e convence os clientes. De medo que eu realmente fizesse o que ameacei fazer ele me chamou pra um monte de comerciais sem teste nenhum! E quando ele me convidou para aquela festa de fim de ano, fiz uma versão oposta do que ele pretendia fazer comigo, e com meu marido, ele já era meu marido? Não. Não importa, ele já era meu. Foi a nossa melhor transa-em-local-absurdo--com-sério-perigo-de-sermos-pegos, gostosa pra cassete, que foi como ele definiu depois. Mas com esse carinha, o desejo foi devastador! Desejo beirando a loucura. Ainda não acredito que acordei antes da hora H. Não podia ter durado só mais uns, sei lá, uns míseros cinquenta minutinhos. Tempo pra uma rapidinha é pedir muito?

Fernando não ouviu nada das descrições detalhadas que Laura fez do que poderia ter acontecido entre ela e o raptor; simplesmente enfiou a cabeça embaixo do travesseiro simulando o consolo de ser um avestruz e ficou ali absorto em seus pensamentos. Por que é que mulher faz essas coisas? Aquela ruiva divorciada do motorista de táxi fez igualzinho uma vez! Porra, que sacanagem! Por que não guardou esse assunto de pesadelo pra contar no café da manhã, quando dá aqueles buracos no diálogo? Ele sabia que não ia voltar a dormir tão cedo. Sabia que a noite estava perdida. Sabia que de manhã ia estar num bagaço de dar pena. Mesmo que ela dormisse. Mesmo que ela caísse desmaiada. Mesmo que ela resolvesse sair do quarto e ir pra sala de visitas pra decorar falas da novela e ele ficasse sozinho na cama, em paz, no sossego, em silêncio, só o cachorro do vizinho chorando, sim, chorando porque era maltratado e chorava, chorava feito uma criança com fome, não que ele gostasse de cachorros, detestava, e gostaria de ser imperador do Universo para decretar o fim de todos os cães do mundo. Principalmente daquele que era um inferno em vida. Porra, mas em que mau humor do caralho que essa palhaçada da Laura me deixou! E se ele ficasse bem imóvel, só respirando, talvez voltasse a dormir. Não, ele sabia que isso não ia acontecer. E perigava do cachorro filhodaputa começar também a cantilena.

Ficou sentado, ajeitou os travesseiros às costas, bebeu um gole de água, outro, disfarçou com a mão um arroto, outro, conseguiu respirar fundo e dizer quase sem irritação na voz:

— Super o quê? (Boa, melhor dizer alguma coisa, qualquer coisa pra ela achar que eu estou prestando atenção, que estou interessado, pra ela não perceber que não estou bem acordado, pra não dizer que estou de olhos abertos e sentado mas com a mente nos braços de Morfeu, sua morfética demente alucinada filha da).

Humm, o que temos aqui? Senhor Fernando finalmente interessado, preocupado com sua insignificante esposa que, até agora estava tentando chamar sua atenção para a gravidade da coisa! Pintou ciúmes e o Fernando deve é estar se comendo por dentro pra não demonstrar. Homem se finge de desinteressado mas é isso, dá pra ver nos olhos dele: tomado de ciúmes. Vou dar uma leve enfeitada na coisa! Fernando, foi mais do que um pesadelo, e não quero te esconder nada, não posso te esconder nada: foi sexo à primeira vista mas apaixonado, três horas de preliminares, e depois uma dominação selvagem, tórrida, num ambiente chiquérrimo, numa escrivaninha de mogno do século XVIII, com uns lances de sadomasoquismo, acessórios eróticos de ponta, quer dizer, de última geração, posições inimagináveis, orgasmos pantográficos — é, eu também nem sabia que existia isso! — *role-playing*, rendição total, oral dos deuses, um verdadeiro império dos sentidos. Foi isso. Pena que não foi com você, amor. Mas não precisa ficar com ciúmes. Foi só sonho, devaneio, fantasia sexual.

— Super o quê? Fala de uma vez, Laura. (Minha paciência está por um fio, o psicopata que tem dentro de mim tá quase conseguindo arrebentar a porta do). Porra, me acordou pra que, criatura?

Ele disse essa palavra porque sabia que ela detestava ser chamada de "criatura". Era um dos truques que usava para conseguir a atenção dela quando ela estava assim, envolta em si mesma, elaborando coisas na cabeça, e simplesmente o deixava de lado.

— Amedrontada? Assustada? Apavorada?

Se o Fernando soubesse como dói, como lacera fundo quando ele me chama de "criatura"! Pior é que ele sabe! Ele faz de propósito, tenho certeza. Só pode. Já falei cento e cinquenta vezes e meia que eu detesto que ele fale isso. Eu já estou irritada com essa dormição dele bem quando eu preciso dialogar, trepar, quem sabe. E agora ele fica atirando farpas. Mas vou sair por cima. Não vou me amofinar nem um milímetro por uma coisa mesquinha destas. Eu tentando salvar nosso casamento de uma derrocada e ele preso a picuinhas! Nosso casamento por um fio, eu dormindo com outro, quase dormindo com outro, em vias de gozar feito uma devassa sobre uma escrivaninha Bourbon, provençal, barroca, sei lá que estilo! e ele dando sinais perpétuos de imaturidade. Mas não vou poupá-lo. Já que ele está acordado, vai me escutar.

— É isso mesmo: a, a, a!

— A, a, a? (O que essa cretina quer dizer com isso? Alguma cretinice, claro).

— É isso que senti, Fernando. Amedrontada. Assustada. Apavorada.

Ele riu. Ele ainda se surpreendia com coisas que ela dizia.

— Você acha graça?

— Claro, do jeito mirabolante que você inventa pra dizer uma coisa normal.

— Ah, você acha normal eu ter um pesadelo.

Ele não se mexeu. Não mexeu um músculo do rosto. Não soltou um suspiro.

Ela sabia que tinha dito uma coisa absurdamente... absurda.

Ele viu que ela entendeu e disse:

— Tá, conta, Laurinha. Faz o favor de.

— De? De o quê?

— Lalá! O sonho. Pesadelo. O fato anormal e aberrante que sucedeu-se enquanto você dormia. Isso tão terrível e inominável que aconteceu com você antes de você me sacudir até tirar do descanso merecido um pobre trabalhador brasileiro que precisa acordar cedo.

Ele quase continuou a desenvolver esse argumento, mas sentiu uma preguiça enorme. Quase um desconsolo de batalha perdida. Sabia que essa conversa já estava esgotada quando ele tinha sido obrigado a concordar que ela também acordava cedo e ia trabalhar, muitas vezes mais cedo que ele, e voltava mais tarde, e tinha mais obrigações que ele. E *etc. etc. etc. ad infinitum amém.*

Ela sabia o que ele provavelmente estava pensando e deixou passar, ela não queria conversar sobre ele, ela queria falar do que ela sentiu, do que estava sentindo, ela queria que ele a escutasse e se não começasse logo a contar, talvez acontecesse de ele perder a paciência e se trancar no quarto de hóspedes e quem é que ia escutá-la? Ela sabia que ele sabia que a pior coisa do mundo para uma atriz era alguém da plateia se levantar e sair da sala, ela fez a besteira de contar isso para ele, e nesse caso, ele era todo o público, imagine só todo mundo de uma plateia se levantar e sair? Era a morte. Era o fim. Era melhor ela contar duma vez:

— Então, sabe, Fernando...

— Conta. (Conta logo, puta que pariu).

— Não, você está com sono.

— Não estou. Não, estou sim. Mas acordei. Conta. (Logo, senão eu vou te matar com uma rajada).

— Não é justo. Dorme.

— Laura! (Eu devia dizer Laura Eulália, mas vou guardar pra uma próxima).

— Não, eu não quero te aborrecer mais.

— Impossível. (Sua vaca).

— Ai, que grosso. Dorme, pronto. Finge que eu não estou aqui. Finge que eu não estou nessa cama, nesse quarto, na sua vida.

Ele olhou para ela como se quisesse agarrar seu pescoço com as duas mãos e apertar apertar apertar...

— Que má vontade, credo, Fernando.

Depois de dizer isso é que ela viu a cara dele e, sorrindo amarelo, disse:

— Desculpe. Melhor você dormir. Você vai acordar cedo, né?

Ele insistiu em tom baixo, suave, carinhoso:

— Pela última vez...

Então berrou:

— CONTA, porra!

— Não grita!

Se eu fosse ele, diria *Quer acordar toda a vizinhança?* Mas eu não sou ele, e estou pouco me lixando pros vizinhos.

Ele olhou bem nos olhos dela e disse:

— Você está ficando Alice demais.

— O que você quer dizer com isso?

— Não se faz de boba, Lalá! A vilã da sua novela! A Alice Sarracena, da "Uganda Gruta"!

— Mont-se-rrat! Alice Montserrat! E não pense que vai conseguir me fazer rir dizendo o nome errado, eu sei que parece que estou rindo, mas eu não estou, porque estou brava com você, e sentida, até parece que alguém que mora no Brasil não sabe que a novela se chama "Ganga Bruta", e você nunca assistiu nem meio capítulo, é por isso que não sabe que eu estou dando nuances e ambiguidades pra Alice, deixando-a multifacetada, com tons de cinza naquele preto e branco todo...

— Ok, ok, eu já tenho que morar com essa bruxa facetada, é duro dormir na mesma cama que uma psicopata de outro século, má pra caramba e *serial killer* ainda por cima.

— Ela só matou três pessoas até agora.

— Só? Que bacana, você defende as suas personagens até onde não faz mais sentido!

— É que ela é de outro século, ué... Eles eram mais violentos, menos civilizados, sei lá...

— E que século é esse, hein? III? XII? XVIII?

— É para ser na primeira metade do século XIX, logo depois da Independência e bem antes da Abolição. É o que acho. Pra dizer a verdade acho que nem os autores sabem direito.

— Você podia ser mais como a, como chama a da peça que você está fazendo?

— Você quer que eu seja mais Catarina? Você prefere compartilhar a cama com uma megera?

— Ela não é domada?

— Só no final, e na verdade, na minha concepção, ela só finge, se faz de submissa pra poder mandar no marido sem ele saber.

— E o que tem isso de novidade?

— Vai me dizer que você acha que eu mando em você!?

— Não, eu só obedeço para ter um pouco de sossego. Por falar nisso, vamos dormir, minha megerinha adorada do meu coração partido de tanto sono e cansaço?

— Ah, não! Introduziu o assunto, agora, vamos pro debate!

— Eu preferia introduzir outra coisa...

— Sai pra lá, safado! Que deselegante! Assédio sexual, mesmo em leito conjugal, dá cadeia, sabia?

— Tô sabendo.

— É tão grave quanto assédio sexual em local de trabalho!

— Valeu.

Ele se virou para o outro lado, bocejou, se ajeitou.

— Banoitedurmabem.

Ela se arrependeu, fez um carinho, se aconchegou, pediu:

— Desculpinha, Ferzinho. Olha. Não, não precisa olhar, só me escuta. Eu preciso te contar só um pouco mais do sonho, não, do pesadelo... você já acordou mesmo, vai. Por favor. Não custa nada, eu conto rapidinho.

— Tô ouvindo.

— Eu sei, mas agora senti que eu preciso que você olhe pra mim.

— Eu escuto com os meus ouvidos e não.

— Assim eu não consigo.

Ele sabia que precisava ceder. Ela não era a primeira atriz com quem ele tinha se casado. Ele sabia que ela precisava mesmo ser ouvida e se virou. Ela começou um blá-blá-blá interminável com cinco mil detalhes que ele não registrou muito bem. Registrou uns três, ah, já estava bom demais. Ela suspirou no meio do falatório.

Ai, essa parte de cheiro de cera não precisava ter falado. Essa parte da aspereza do lençol é desnecessária.

Ela enxugou uma lágrima.

E essa parte dos detalhes de como o tal cara a jogou sobre o colchão é meio esquisita. Peraí, essa coisa de mesma camisola ali e no sonho ficou suspeita. Como assim "era medo misturado com um pouquinho de tesão"? Ela perdeu o fôlego no meio do discurso. Como assim "desejo incontrolável de ser penetrada como uma potranca"? Como assim "o corpo todo possuído pelo demônio"?

— Aí eu tentei gritar de novo e desta vez consegui, e gritei, gritei, gritei e gritei... gritei! Gritei. Gritei...

Ele decidiu interromper porque ela estava fazendo aquilo, experimentando maneiras de dizer a mesma palavra, essa mulher é realmente a mais louca que eu já conheci, que conheço, que sarna monumental eu inventei pra me coçar, se eu não interromper ela é capaz de passar doze horas nesse gritei gritei gritei.

— E acordou!

— É... acordei.

— Então pronto. Já contou, minha princesa, já pôs pra fora, contou tudinho. Tá mais aliviada. Eu adorei a consideração que você teve me contando esse sonho. Achei, sim, bem simbólico, cheio de coisas que dá pra interpretar. Entendi, entendi sim que foi pra salvar nosso casamento. Agora a gente pode voltar a dormir, minha bela adormecida acordada?

— Pode sim, meu príncipe encantado.

Que pressa, que pressão, que falta de tudo, que porcaria de vida, pra que serve ter diplomas diversos e diplomas de universidades diversas se tem que chegar cedinho na própria indústria, junto com os operários padrão? Você é o que? O operário patrão?

— Mas você não vai guardar rancor da minha sinceridade, né, amor? Não vai usar isso pra uma situação futura, né? Tipo em alguma briguinha, sabe, ou desentendimentosinho que pode vir a acontecer algum dia. Achei importantíssimo te contar. Não manter nada escondido. Dividir o problema com você. E o carinha, nem se preocupe, era só uma caricatura, sabe como? Tipo um Rambo, um Wolverine, um Exterminador do Futuro, um desses personagens que só existem na tela ou no gibi, que a gente sabe o tempo todo que são *fake*, fabricados pra manipular mesmo a gente! Quer dizer, gente desavisada, suscetível. E eu só estou interessada em coisas reais, pulsantes, isso ficou claro pra você, amor?

Ele sorriu, mandou um beijo, se virou, se ajeitou, relaxou, ficou parado, continuou parado. Pensando: dorme, puta-que-pariu. Dorme. Fecha esses olhos de lince, essa boca de arara e fica desacordada por quatro ou cinco horas. Já, porra!

Não sei, ficou uma pontinha de suspeita de que o Fernando não entendeu a história toda. Não captou a profundidade da questão. E resta sempre aquela dúvida: será que a gente tem mesmo que tentar dividir tudo um com o outro? Tudo, no caso, inclui dividir até o que se passa pela cabeça da gente? Será que a outra pessoa consegue mesmo se interessar pelos nossos sentimentos íntimos? Ou isso, essa comunhão toda de corpo e alma, é meio uma invenção, uma projeção que a gente carrega desde sempre, por conta das histórias infantis que a gente ouviu, e filmes que a gente assiste na adolescência, tipo "Sissi, a Imperatriz", e romances bobos que a gente lê, eu li um monte, aquelas porcarias de castelo, e sinos bimbalhando, e coração disparado o tempo todo, e fogos de artifício e fadinhas zanzando por aí. Vida real é outro papo, e não tem coisa de princesa perfeitíssima, e felizes para sempre, sabe? Quanta besteira. Ah, qualquer mulher madura não vai cair nessa de príncipe e sapo. Tem que ser muuuuito ingênua pra ainda acreditar nessa baboseira, dá licença, né? Não faz sentido ficar frustrada com o Fernando só porque ele não valorizou essa experiência. Primeiro, que ele é homem. Homem pensa e sente diferente. Ou não sente. Ou não pensa! Isso está provado. Depois, é que casamento é assim mesmo, no começo um se interessa por qualquer besteira do outro, acha lindo, e depois fica meio chatinho escutar essas histórias toscas. Olha a Hedda Gabler. Essa personagem eu vivi a fundo, durante toda a temporada eu mergulhei na essência dessa mulher. E o Ibsen já entendia desse negócio de descompasso no casamento. E por fim, não se esqueça, Dona Laura, que é de madrugada e o cara tá exausto. E se ele te acordasse pra contar que sonhou com uma gostosa, como é que você reagiria? E se ainda por cima dissesse que está te narrando um sonho erótico pra salvar o casamento?

Ela mandou um beijo de volta, se virou para o outro lado, sorrindo, aliviada, deitou de costas, olhou para o teto e disse sem pensar, sabendo que não ia ser ouvida, porque escutou o início baixo de um ronco:

— Meu bem. Será que eu tomo mais um comprimido?

Antes de fechar os olhos ela já estava dormindo.

o teu corpo é luz ultravioleta

Laura acordou mas permaneceu de olhos fechados. Era assim que fazia quando ia dormir na casa da avó. Tão bom estar ali, longe da gritaria dos pais, que estavam sempre discutindo e se ofendendo, dizendo coisas horríveis um para o outro, carregando a vida de um jeito arrastado, como se tudo fosse algo insuportável e sem sentido. E a menina pensava: casamento é isso? Até que, quando ela já era adolescente, o pai foi embora, abandonou os filhos, ela e seu irmão Rodolfo, e a mãe virou uma Medeia, frustrada, amarga e furiosa, uma Amanda Wingfield, mandona e patética. E eu? Olha que coincidência, a filha da Amanda na peça do Tennessee Williams se chama... Laura! Por que eu não nasci filha da minha vó? Mas aí você seria sua própria mãe, Deus me livre!

Quando eu fiz a Laura, meu primeiro papel adulto, acharam que eu era mais velha por causa da interpretação, claro, que eu já era madura quando era jovem, queridinhas, e fui elogiadíssima e um dia levei um safanão da Adélia que fazia a Amanda, a mãe da Laura na peça *O zoológico de vidro*! Ciúmes? Claro, de o público estar olhando pra mim em vez de ficar vidrado nela cada segundo em que ela estava em cena! A gente sabe, a gente vê se tem alguém que não está olhando pra gente. No começo eu via que era só quando contracenava de perto com a Adélia que eles olhavam pra mim, mas depois de dois meses de temporada eu estava amadurecida, envolvida no personagem e nem estava ligada no público, e o safanão foi violento, me jogou contra a parede do cenário, que naquele tempo ainda faziam cenário com parede, porta, janela, cortina... Machucou um ombro, mas foi delicioso, a Adélia se irritar por ter que dividir a atenção da plateia comigo, mesmo que por alguns instantes, foi o melhor elogio que eu recebi em toda a minha carreira!

E então Laura estava lá de olhos fechados e... Ah, agora Laura desceria pra cozinha da vó Lali, onde a esperava um café da manhã cheio de coisas gostosas e feitas com todo o carinho só para ela. Tão bom na casa da avó, o vô e a vó me paparicando sempre, tão bonito a relação deles, umas vidas com sentido, com alegria, e conflitos normais, pequenos, passageiros, logo resolvidos, e com cumplicidade e equilíbrio.

Laura teve um *flash* do seu próprio momento presente: aquela confusão do sonho tão realista, calma, já tinha passado, era passado, e eu não estava mais passada, tonta de emoção... e se tranquilizou porque quando abrisse os olhos estaria em sua cama, em seu quarto, em sua casa, protegida em seu casamento. Não tem nada de odisseia no espaço só porque estamos nesse 2001 tão festejado. Isso é coisa da mídia, marcar certas datas pra vender mais. Milênio novo, ano normalíssimo! Criaram tanta expectativa e, no fim, não teve nem aquela coisa de *bug* da virada.

Na mais perfeita ordem. *Sorry*, Mr. Kubrick, você previu um futuro bem mais prafrentex, 2100, 2800, 3001, sei lá! 2001 é que não foi. Que desencanto a sua visão deste nos causou, porque frustrou praticamente todas as expectativas. Agora chega de tantos pensamentos espertos e descolados, você não vai poder passar o resto da vida com os olhos fechados.

Laura abriu os olhos finalmente, e a princípio tudo parecia estranho, e então estranhamente familiar. E se deu conta de que não estava na casa da avó, nem na dos pais, nem em sua casa de solteira, nem na casa com o primeiro marido, nem do segundo, nem na casa, no quarto, na cama com Fernando! Ela estava lá de novo!

Quê! E eu que sempre me vangloriei de nunca ter sonhado a mesma coisa, sempre tive imaginação e criatividade até dormindo! Tô pagando a língua. Só pode! *Os sonhos mais lindos sonhei...* É claro que sonhei sonhos, que outro verbo alguém poderia usar? *Os sonhos mais lindos pesadelei? Os pesadelos mais eróticos sonhei? O pesadelo mais tesudo da minha vida, sonhei... e o pior ou melhor, é que voltei...* Voltei, agora pra ficar?

Sonhando tudo exatamente igual, mesmo lençol furreca, mesmo cheiro esquisito, lugar sórdido e essa sensação, esse delírio, essa coisa absurda de sofreguidão tomando o meu corpo. Ai, pelo amor de Deus que dessa vez não tenha aquele troglodita ridículo. Ai, quer saber, tomara que tenha. Não que eu queira dar continuidade àquela primeira história, ô enredinho fraco, e ver se rola alguma coisinha mais... mais palpável, digamos. Não, isso nunca! Mas é que eu queria que aquele calhorda se explicasse, pelo menos.

Por que é que ficou entrando no meu sonho, assim, como se fosse um amiguinho íntimo da casa, maior *brother* nosso, convidado de honra, como se tivesse uma Licença de Operação, Mandado de Busca e Apreensão, Carta Branca pra invadir minha privacidade. Quase que destrói meu casamento. Não sabe o duro desgraçado que eu dei pra conseguir essa estabilidade conjugal! Como foi complexo meu processo de conquistar o Fer, até ele se desgrudar daquela chatinha da mulher, ex-mulher dele. E a hostilidade dela pra cima de mim?! Achando que eu tinha ROUBADO o marido dela! E o Fernando, quando eu contei o sonho-pesadelo, ficou uma fera com o cara. Ficou transtornado com essa história toda. Tentou não demonstrar, mas eu percebi o quanto ele estava arrasado, estraçalhado por dentro. Os olhos rasos d'água. Até se virou pro outro lado da cama pra que eu não visse. O Fernando é delicado, é sensível. É outro nível de homem, de pessoa. Não é um neandertal como esse pulha que me apareceu do nada. Então, quero que esse sujeitinho inconsequente, esse caipira metido a Schwarzenegger, se justifique. E que seja convincente, pelo menos. E que, se der, mude essa roupa de cama, que é um lixo, principalmente em se tratando de um sonho, que eu galguei muito degrau da fama pra ter de aturar um cenário pavoroso desses e um ator brega desses num figurino idem. Quer uma prova da cafonice suprema? Quando ele se abaixou pra pegar sei lá o quê no chão, deu pra ver um pedaço da cueca e era roxa! Quem seria capaz de adquirir e usar uma atrocidade dessas? BroXante! Com um xis imenso. Com o cofrinho aparecendo, ainda por cima: receita infalível para uma frigidez aguda.

Então seu olhar percorreu o que parecia ser um porão e ele estava lá, aquele mesmo ele, sentado na mesma poltrona.

E no teu olhar, rouca de emoção...

Laura olhou para aquele homem que ficou em pé ao mesmo tempo em que ela se sentou. Ele estava pronto para tomar uma atitude. Era o neandertal de sempre. Bom, pelo menos é uma figura conhecida. Já desenvolvi uma certa empatia com esse tipo, que exagero, simpatia? Não, nada tão positivo, ou melhor, sim, uma falta de medo estranha causada pelo calor que subiu pés acima e se encontrou com o gelado que desceu a espinha? Ela falou com ele indignada, como se tudo fosse culpa dele:

— Espera aí!

— Hã?

Ele não entendeu o que ela quis dizer. Era para ele esperar antes de agir? Ela queria um tempo antes que ele decidisse amarrá-la ou prendê-la com algum material ou equipamento apropriado? Queria sugerir algum tipo de acordo?

— Tá. (Tô fora, Dona, a senhora pensa que vai decidir o que é que eu faço?).

Ou era para ele não se aproximar, seja pelo motivo que for? Ou ela queria dizer que precisava de um tempo antes que algo acontecesse, fosse o que fosse, porque ela estava perturbada? Com enjoo? Sem conseguir respirar? Tudo isso em poucos segundos, enquanto ela estava meio entorpecida.

Será que ele me drogou? Não, *darling*, você se drogou por conta própria, lembra? Como é aquela letra? *O teu corpo quente, inebria, não esquece...? Esquece?* Quem esqueceu foi você. Mas agora estou lembrando!

— É... (Mulherzinha meia matusquela. Será que vai permanecer assim quieta o tempo todo? Deve ser coisa de gente famosa, falar pouco, se comunicar mais por gestos só. Nada de pergunta, nada de papo furado. Só tudo como deve ser. É firmeza, claro, coisa de gente de sucesso, cheia das grana. Viu o anelzão de ouro e as correntes que ela usa no pescoço? Deve pesar meio quilo cada argola que ela tem na orelha. Não dói? Não pesa o pescoço, será? Pode de ser que ela gosta que o cidadão aperta ali, tá ligado?).

Ai, o que é isso?

— Que é?

Quem é você?

— Quem?

Que lugar é esse?

— Que lugar?

É uma brincadeira?

— É uma?...

Ou tem a ver com aquelas coisas de recalque na primeira infância? Onde está meu marido Fernando?

— Onde está meu?

O que eu estou fazendo aqui? O que você pretende fazer comigo? Eu estou gravando uma cena nova? Eu assinei um contrato de filme e não me lembro?

— Ó, dona... (Melhor mostrar quem está no comando aqui, pode ser que vou ter que amarrar e amordaçar, ela é ou tá fora de si, falando merda).

Ele deu um passo para a frente quase ao mesmo tempo em que ela ficou em pé, com um braço estendido, num sinal agora bem claro, querendo dizer para ele não se aproximar:

— O que é que você pretende?

Ele deu outro passo, o que causou uma reação, ela se inclinou para trás, com os dois braços estendidos, as mãos com as palmas viradas para ele.

Não, não, é: *O teu corpo sente, inebria, amolece!* Não, é claro que não é!

— Não é!

— Como é que é? (Deixa eu ficar esperto, que essa dona é muito doida). Se liga só, é melhor ficar calma que eu não quero amarrar a senhora.

Ai, meu Santo Eleutério, que voz a desse cara, assim grave! Ui! Penetra até a... até o âmago da gente! Eu já tinha esquecido o troço que dá por dentro. Grave mesmo, eu estou em estado gravíssimo! Em vias de uma desidratação severa. Fiquei arrepiada de novo. Para de pensar besteira, Laura, olha onde você está. Onde estou não importa tanto, mas com quem eu estou! Não posso deixar de olhar e escutar e ficar tonta de emoção! A voz desse cara é bem mais grave que a do Fernando. E gentil! Falou mansinho. Bom, falou em amarrar. Olha, moço, aqui não tem ninguém pensando em ser minimamente amarrada. Vou ficar calma, calmíssima. Besteira isso de amarrar, imobilizar o parceiro, dominar, ninguém cogitou nada disso, cordas, algemas, coleira, mordaça, chicote de cetim. Calma, que eu já estou calma, calmíssima. Vou colaborar. Melhor sorrir. Não, para, deve parecer um baita de um esgar, uma careta! E essa perna está se mexendo um pouco, ela fica assim às vezes, se descontrola sozinha, tipo a pálpebra, tem essa mania de pular de vez em quando, mas isso não tem a ver com o fato de eu estar um pouco nervosa, nem desesperada e quase louca de paixão! Não! De tensão! E tesão, tá, confesso, mas acho que o pavor está ganhando. Ou perdendo, porque eu estou quase normal, normalíssima, o meu normal é assim, fazendo careta e com uma parte do meu corpo pulando sozinha, involuntariamente.

— A senhora me ouviu? (surda ela não é, ouviu sim, mas tá meio pirada, que barato, dá pra ver um monte de coisa que ela tá pensando na cara dela, feito uma televisão).

Talvez eu não esteja berrando e correndo na direção de uma saída, pelo fato de eu ter lhe achado quase simpático. Interessante. Aprazível, digamos. Atraente. Deleitável. Inebriante. Educadinho, até. Me chamando de senhora. Bom, não ousaria se referir a mim por você... Lembrei! *O teu corpo mente, inebria, adoece... adoece? Amanhece? Ah, se eu pudesse? Endoidece?* É quase isso: *Enlouquece!*

Ela queria fazer muitas outras perguntas. Mas sua garganta foi ficando cada vez mais seca até ficar como se estivesse com uma das paredes colada na outra. Deu pra entender que ela estava mal mesmo, ou ainda precisa de um desenho, uma lâmina de anatomia, um infográfico?

Se eu parar de respirar pelo nariz vou morrer sufocada, isso se eu não morrer antes, de medo... esse sonho está com cara de pesadelo de verdade que sonho não é assim, gente! Tô muito confusa! Não estou preparada pra sonho em 5D! Eu tenho a nítida impressão de que se eu der dois passos e beijar esse sujeito vou sentir o que se sente quando se beija alguém que se quer beijar. Mas isso foi só um pensamento, digo, uma observação de caráter técnico, psicológico, analítico-científico, ai, não estou nem encontrando a palavra adequada. Imagina se eu quereria, se eu cogitaria, objetivaria, pretenderia na vida real beijar esse songa-monga aí! Deixar a minha língua encostar na língua sedenta, avassaladora e deliciosamente sacana deste tipinho quase desqualificado! Só se fosse algum lance profissional milionário, um contrato assinado com todos os termos bem definidos "a atriz compromete-se em beijar um desconhecido..." etc etc. Isso de sair beijando desconhecido é coisa perversa, algo que aflora quando se deixa que prevaleçam baixos instintos, isso beira a vulgaridade, e eu sou cerebral, disciplinada, madura, uma mulher que sabe claramente o que quer, equilibrada, com uma formação impecável. Cursos por aí, sabe? *New York Film Academy*, meu amigo! *FAMU*, em Praga, sabe onde é? *La Femis*, na França, já ouviu falar em França, pelo menos? Dança no *California Institute of the Arts*, e não ali no arrasta-pé da esquina!! E, de mais a mais, NÃO estou em busca de novas sensações! Tá tudo bem com as velhas sensações. Tudo ótimo.

Como ela demorou a dizer alguma coisa, ele repetiu:

— É melhor a senhora ficar calma. Eu não quero amarrar a senhora.

Ai, que fofurinha esse moço. *O teu corpo quente, me excita, me empobrece... me enobrece... me entristece...* Não, essa você já sabe: me enlouquece! E esse som que saiu da garganta dele! Timbre de voz que eu gosto. Falou a mesma frase, mas agora de um jeito mais gentil. Deve ter achado que da primeira vez tinha sido meio agressivo. Nem foi! Tá só fazendo o serviço que mandaram, oras! Podia ser um ogro, um brutamontes malcheiroso, um bárbaro selvático, um vândalo bestial. Foi cordial, foi afável. Olha que sorte a minha, topei com um carinha bacana, educado, não é todo dia que a gente tem essa sorte, em se tratando de sonhos, ainda mais induzidos por comprimido. Que delicado, esse moço! Vou tratar bem. Lembrei! Agora eu lembrei mesmo: *O teu corpo... não! O teu rosto quente, inebria, ensandece...* não! O que era mesmo? Para de viajar, Laura, e fala o que você tem que falar, mas eu não sei o que eu tenho que falar, não decorei as falas desse capítulo, que besteira, eu vou falar o que me vier à cabeça, sem pensar:

— O teu corpo...

— HÃ?

Viu como era melhor eu ter pensado antes de falar? O que eu tenho que dizer é... em primeiro lugar, dois pontos... isso!

— Em primeiro lugar: eu não sou surda, nem muda, nem retardada. Politicamente correta, então, nem pensar. Pode vir com blá-blá-blá de "direitos do homem", "violência do discurso", "porção em vulnerabilidade social", a baboseira que for, que não vou nem escutar. Se quiser, fala com meus advogados, alguém da equipe competentíssima do meu irmão, o Dr. Rodolfo Emanuel Bloomitz, que é um dos maiores desta cidade e cuida dos meus interesses financeiros! Segundo: puxa, que ótimo que você não quer me amarrar! Muito agradecida. Muito, muuuuito agradecida. Acho que não estou sendo capaz de expressar toda a gra-ti-dão que sinto por você, digo, pelo senhor, nesse exato momento.

Ele não entendeu a ironia e respondeu sorrindo:

— Que é isso, não tem do quê. (Ela parece uma torneira que esqueceram aberta mas a voz dela é mais bonita assim de perto e ao vivo). A gente faz o que pode. A senhora quer alguma coisa? Um copo d'água. É mineral. Comprei duas garrafinha. (Vai ver ela está assim descontrolada porque tá apertada pra fazer um número, um ou dois!). Quer usar o banheiro? É ali, ó. Eu posso levar a senhora.

É caipira. É um jeca, com uma roupinha modernosa, tênis *falsific* imitando um de marca boa, quase que engana, mas é um jeca e está visivelmente intimidado comigo. Que tipo de cueca será que usa? Ah, é roxa, lembra? Melhor esquecer! Se amanhã é outro dia e ele costuma tomar banho e trocar, pode vir a trajar uma cueca verde limão acrílico! Ele gaguejou, é pura insegurança. *O teu rosto lente, inebria, me enriquece...* para com isso, Laura, chega de cantoria! E *rosto lente*? De onde você tirou isso? Por São Protásio, que é que esse cara está fazendo aqui? Ai que divertido: se eu quiser, ele me leva até o banheiro desta espelunca! Esse banheiro ou Paris, nunca sei o que escolher. Fico com o banheiro, claro, afinal, nós sempre teremos Paris. *Ah, se desse... anoitece... me aquece... me apetece... até parece!... me umedece... e se eu desse?* Não, Laura! *Es-que-ce!* Tanta coisa pra fazer num sonho e o cara quer me acompanhar até o banheiro! Possivelmente mostrar-me-á a qualidade superior da louça sanitária! Ao final do discurso, me passará o cartão do decorador que transformou essa pocilga nesse luxo de pocilga! Tô bem arranjada em matéria de entretenimento! Que coisa chatíssima! Ai, quer saber? Cansei! Chega!

Irritada para valer, Laura avançou agressiva:

— Escuta aqui! É uma brincadeira de mau gosto, é?

Ele continuou sorrindo.

— Não... (Como ela é igual àquela mulher má da novela, aquela que mata as irmãs, o marido, sei lá! Como que chama mesmo a personage? Caralho, olhando assim dá pra acreditar que ela é capaz de matar mesmo uma, duas, meia dúzia de gente. Brabinha, a mulher! Os braços dela tá parecendo uma hélice de avião. Tá bem igualzinha à personage que ela faz. Sangue no olho! Ou ela é uma atriz muito boa? É, porque esses sujeito de tevê tem que fazer tudo que o cara que tá filmando mandar. Se o cara falar que é pra chorar, tem que chorar de verdade. Mandou rir, eles sabe como que faz, são treinado. Foda isso. Ela tá querendo me impressionar? Tá se mostrando pra mim?).

Irritadíssima, quase descontrolada, Laura deu mais um passo à frente, dizendo com o corpo todo que poderia dar na cara dele, um tapa, uma bofetada, um soco, um tiro de bazuca. E gritou:

— Responda!

Ele respondeu. Parecia cada vez mais encantado pelo fato de a atriz da novela que estava no ar, e de muitas outras novelas de tanto sucesso, se encontrar ali na frente dele, se mexendo e falando. E disse:

— Tô sabendo. (Acho que ela não sabe que eu sei que ela é famosa e importante, tá querendo mostrar que é aquela lá, eu sei, dona, mas vou deixar ela fazer mais isso aí que tá bom de assistir. Essa Laura Bloomitz é boa mesmo, caralho, ela tá parecendo a rainha dessa novela do tempo de antigamente, bem antigo mesmo, eu hein! Quando eles andavam de cavalo, mesmo quem era bem rico. Eu é que não queria ser empregado dessa vaca; escravo então, nem fudendo, porra. Tal e qual a dona Alice da novela, ela é aquela demônia de tão ruim que é dona de um monte de fazenda, cheia dos empregado. Como que é o sobrenome da mulher mesmo? Moncerrá. Ou é Monte Cerrate? Serrote? Sei lá como é que fala! Ela tá fazendo igualzinho, a voz, o jeitão, tudo, porra! Que dia, caramba! Que servicinho escroto que eu peguei. Não contava que ela era tão esquisitona! Tá parecendo até que eu tô dentro da televisão. Vivendo o personage do lado dela! Eu, hein! Queria ser artista não. Tinha vergonha de se mostrar por aí tudo. Tem que tá sempre bonitoso, falar umas coisa bacana da vida, ter carrão, barco, jatinho, joia, sorriso com tudo branco e nada faltando, mansão na praia, sei lá. Tem sempre que estar com uma mina gostosa do lado. E os fotógrafo não perdoa. Ói aquela rainha lá, sei lá, princesa, casada com um tipo príncipe e tudo, sei lá eu que porra, que os cara perseguiam pra tirar foto o tempo todo. Deu naquele acidente feio que morreu todo mundo principalmente ela. Faz uns três, quatro ano mas quem que não lembra? A tal da Ledidai. Se o cara famoso bebe, eles mostram foto, se o cara trepa com num sei quem, mostram, se o cara não trepa, mostram igual, vai pra praia, mostram, tá com pelanca, mostram, comprou casa nova, mostram, tá com dívida, mostram. Beijou não sei quem no Carnaval, fotona na capa da revista. Levou pé na bunda, entrevistam e pedem pro cara contar os detalhes. *Mas agora estou me encontrando e vou começar uma nova fase da minha vida.* Eles sempre falam essa bosta de frase. Não deve ser bolinho! Mas qual profissão que não tem uma parte ruim também, né?).

— Mas ora, ora, quem temos à nossa frente? Essa figura irosa e patética! Um serviçal do Coronel Magalhães

Teixeira, representando sabe-se lá qual interesse. Será algum degredado de terras estranhas? E qual o motivo dessa assuada toda? Ouvirei o que tem a declarar e, logo em seguida, chamarei o feitor Robério para que retire essa criatura de minhas propriedades. Vamos, diga-me a que se destina essa irrefragável impertinência sua de visitar-me nesse momento!

Você não está bem, Alice, melhor ficar quieta, calada, caluda, Alice! Alice? Ih! Pirei! Enlouqueci, entonteci, me embriaguei com esse corpo quente na minha frente, que me inebria, que me... nem sei direito o que é! Não sei, mas estou inebriada até a última raiz dos cabelos! Ele não é o capataz! Ele é um incapaz! Por que não me agarra, me rasga a camisola e me obriga a fazer coisas horrendas? Não, não esmoreça, mantenha a pose, senão você poderá perder, para todo o sempre, a autoridade!

Ainda atuando, ela deu mais um passo na direção dele com as mãos na cintura e a cabeça erguida, o queixo ameaçador, enquanto falava com fúria, com uma impostação de voz como se tivesse cinco mil pessoas na sua frente:

— Pela Arca da Piedade! Responda! Sois algum representante da Câmara Imperial? Sois um Magistrado do Fisco? Responda! Já! Antes que...

Quanta conturbação me traz esse homem que não se identifica! Dissesse-me a que veio e eu ficaria mais tranquila! Chegaríamos a algum acordo. Não há uma criatura de Deus que não tenha seu preço. Mas não. Permanece calado e misterioso. Não se iluda, Alice! Mantenha a clareza de pensamento. Ora, com essas vestes de plebeu, é apenas um campônio ordinário. Como bem diz o ditado, o homem é senhor do que pensa e escravo do que fala! Mas esse poderia falar duma vez! Agoniante uma figura de minha estirpe ser encarada por um tipo desqualificado desses!

Ele ficou sério. Seu corpo se endureceu, parecendo ficar maior e mais forte, mais agressivo que ela, verdadeiramente ameaçador. Sem dar um passo, sem gesto algum, olhando-a nos olhos, ele disse, com a voz mais grave:

— Vamos com calma, madame. (Porra!). Pópará de gritar essas bobagem ou vai ser pior pra todo mundo. (Senão vai ter). Podia estourar de gritar aqui que ninguém vai escutar. Tô avisando por bem. Eu não quero machucar a senhora.

Ela deu imediatamente um passo para trás, colocando as mãos, com as palmas viradas para ele, na frente do corpo.

Tá, Laura, você tá careca de saber, mas vou perguntar assim mesmo, mesmo que seja... só para não haver dúvida... E vai com calma, que o carinha está ficando com cara de bandidão. Ela mesma faz a direção da cena: atenção, Laura, banca a humilde, sorri amarelo e olha pro chão. Agora diz:

— Não, espera aí. Eu. Calma. Não vou gritar. Eu posso... escuta, olha, eu posso perguntar uma coisa? Uma coisinha? Uminha só?

Sem se mexer ou suavizar o olhar e a expressão no rosto:

— Pode se a senhora prometer que não vai fazer gritadeira de novo.

— Eu prometo. Você, quer dizer... o senhor, que é tão educado e me parece ser uma pessoa de bem... me raptou?

Ele se espantou, desta vez não acreditou no que ouviu, respondeu.

— É isso aí. O que mais isso podia ser?

Ela ia gritar muito, gritar feito uma louca desesperada, a plenos pulmões, mas tapou a própria boca com uma mão e estendeu a outra na direção dele, claramente pedindo para ele não se aproximar.

Tô ferrada. Não é filme, nem peça, nem cena de TV, nem comercial de desodorante. É verdade. Tô num porão fétido. Esse homem na minha frente é um bandido profissional. Ele me raptou. Ele me raptou porque sou rica, famosa, conhecida do público, estou fazendo um grande sucesso na novela que está indo ao ar, e ele vai pedir um resgate! Nunca imaginei que isso aconteceria comigo! Ele está armado. Aquele volume um pouco abaixo da cintura... aquilo ali do lado esquerdo de quem olha, só pode ser uma arma! Uma arma bem avantajada, perigosa, magnífica. O Rodolfo tinha um de espoleta, que eu amava, ele trancava na gaveta com chave, quanto tempo eu gastei nessa fechadura com uma chave de parafuso... Laura! Acorda! Lembra? Resgate! Tortura! Cativeiro! Toda sorte de abuso! Meu Deus, como isso está acontecendo comigo?

Ela pensou em gritar por socorro, mas ele percebeu e interrompeu a tentativa de imediato, segurando-a com violência.

— A senhora prometeu! (Essa dona é sacana, pô! Não cumpre o que comprometeu, caralho!).

Sem destapar a boca, ela aumentou o gesto com a outra, pedindo um tempo, pedindo compreensão, pedindo para ele se pôr no lugar dela, pedindo para ele entender que ela sabia o que tinha acontecido, mas estava negando. Ele deu uma relaxada no corpo, percebendo que Laura estava fazendo um esforço bem grande para se controlar. Ela colocou a mão que tapava a boca na cabeça, a outra estendida para ele, desta vez pedindo ajuda, parecendo que ia desmaiar ou vomitar ou cair morta, ou as três coisas ao mesmo tempo.

— Ai, minha cabeça! Eu acho que preciso...

Preciso mesmo é de alguma coisa bem relaxante, tipo uma trepada daquelas, mas agora é que esse bundinha não vai tomar nenhuma iniciativa. Ok, eu estava passando mal, será que... É pavor! Ou tesão demais? Tesão recolhido, tem isso? Não, não adianta pedir um comprimido, meu estômago está contraído, comprimido, contrariado, o fígado também, e os rins, comprometidos, o duodeno, os intestinos, até o apêndice está perturbado! Que inferno! Quem teve essa péssima ideia de me sequestrar? Não sabe que eu tenho uma agenda lotadíssima? Foi a Estela! Só pode! Isso é coisa da Estela, aquela invejosa! Só porque eu faço um sucesso estrondoso no teatro e ela, bem, ela é daquelas atrizinhas de meia tigela, que só faz novelas. *Porque gosto de me dedicar aos filhos. Primeiro os filhos. Teatro me obrigaria a viajar muito e eu curto mesmo é meu lar. Preparar a comidinha orgânica, curtir minha casa. A carreira é secundária.* Sempre o mesmo nhenhenhém.

— Precisa o quê?

Quem diria que a Estela chegaria a esse ponto! Com aquela cara de santa! Mais falsa do que nota de oito! Capaz de qualquer coisa mesmo! Não, tadinha, não faria isso. Ela é uma atriz até que razoável, tem lá seu público. Ela não é péssima, se vira bem num palco, ganhou até aqueles prêmios de melhor coadjuvante, é isso! Cansou de esperar que eu morresse ou passasse a fazer a mãe da mãe da mocinha! Não, na TV ela já foi uma das protagonistas, tadinha, ela é um amor e não merecia o que eu fiz... eu é que sou... E eu conheço a Estela há milênios. Não me odeia. Não tem motivos concretos pra me odiar. Tivemos lá uma desavençazinha. Eu nem fiquei com raiva, mágoa, rancor dela. Ela é uma mulher bem resolvida. Não faria isso. Quem será que planejou essa coisa totalmente insana? A emissora adversária? Não. Estão falidos com aquelas novelas importadas do México.

Em estado de alerta, ele queria saber se ela ia vomitar, mas esta estava na lista de perguntas que um homem jamais poderia perguntar para uma dama, e então disse:

— A senhora tá tipo passando meio mal? Vai botar os bofe pra fora?

Ela olhou para ele com raiva, momentaneamente com menos ânsia, e disse calcando no sarcasmo:

— Ora, meu amigo, que é isso!? Eu estou ó-ti-ma! Nunca estive tão bem.

— Ah, que bom! Pensei que... (Parece. Ou tá fingindo? Fica esperto que essa dona é atriz, cara).

Seu burro. Vou vomitar em cima desse sujeito mesmo. Não, que depois vai ficar aquele fedor horrendo nesse local que já fede tanto. Onde é aquele tal banheiro? Ai, que confusão. Tá tudo rodando. Cadê esse bendito banheiro que ele falou que tem?

Sentindo-se muito mal, ela olhou em volta, deixando nítido que procurava um local para vomitar, até que se lembrou de ele ter dito que o banheiro era por ali, ó...

Nervoso, agitado, solícito, ele indicou com uma mão a direção, oferecendo a outra para segurá-la. Ela se esquivou, dizendo com o corpo e o rosto "não encoste em mim" e foi quase correndo na direção indicada.

— É por aqui. Perdão aí, falou? (Putz, esse corredor tá uma nojeira). A senhora me desculpe a bagunça. (Ela vai achar que fui eu que mijei no chão e não foi). Tem papel aí num arame pendurado, bem perto! (Avisa a mulher, cara!). Cuidado pra não levar choque! Que bobagem, né, a senhora não vai tomar banho agora, depois eu explico do chuveiro, como que regula. Pode ficar à vontade. Fazer o que quiser aí dentro. (Número um, dois? Que será que é o três, vomitar? Ou se aliviar sexu... sexoal..., ah, bater uma, vai! Ou isso é o número quatro?).

Ela vomitou no banheiro. Ele escutou o barulho e se assustou.

Eu vou morrer, eu vou morrer, eu vou que papel higiênico é esse? Lixa é mais macia que isso aí, eu não vou usar esse vaso para mais nada eu vou morrer, ai. Ai. Ai... Ai! Que cheiro, que fedor, que nhaca, que asco, ai, agora é que eu vou mesmo...

Ô, loco, a mulher tá botando os bofes pra fora! Coitada. Ah, coitada nada. Não colaborou nem um pouco. Falou daquele jeito gritando. Eu falei pra ela ficar calma. Ela ficou nervosa aí atacou o fígado. Atacou o célebro também, ela falou tal e qual a dona ruim da novela, peraí, cara, ela tava fazendo graça pra mim? Pra me agradar? Me conquistar? Ou ela deu uma pirada mesmo? Atacou o pâncreans, a visícla, o estômago. Tudo junto. Ou vai ver que comeu alguma coisa estragada antes de eu trazer ela pra cá. Pastel da rodoviária, por exemplo. Sempre dá revertério. Eles fritam com óleo usado e reusado, chamam de "reciclado", entendeu, aí faz um mal dos diabo. Mas lá na tevê esses bacana devem comer coisa fina. Comida de ricaço. Não vem nada estragado. Devem ter cozinheiro lá pra cozinhar o que eles pedir. Caviar o tempo todo. Frito, assado, na brasa, do jeito que o freguês quer. Na hora que pedir, um garçom traz na bandeja de prata e com uma mão pra trás. Um monte de garçom. Tem um só não. Esses ator e atriz é tudo milionário. Ganha igual político. Imagina se ela ia comer alguma coisa passada!

— Que chato, hein. Tá melhor um pouco aí?

Putz, se ela piora vai ser foda pra caralho não tem como levar ela pra clínica, pronto-atendimento, centro cirúrgico. Mas que tá fazendo um barulhão lá dentro tá, hein? Nunca pensei que gente famosa vomitasse. Pensei que era mais gente normal, quando toma um porre, por exemplo. Meio nojento, né? Bem nojento. Não sei como que a Jussara aguenta trabalhar em hospital. Coitada, deve ver gente vomitando o tempo todo. Nojento pra caramba. Eu dava pra esse tipo de serviço não.

Laura saiu do banheiro visivelmente mal. Ele percebeu. Ela cambaleou e quase caiu. Ele a ajudou.

— A senhora se segura aqui nemim. (Coitada, essa dona tá legal não). Vou levar a senhora pra cama. Sem malícia, beleza? Fica fria. A senhora precisa descansar um pouco, dona, tá com estress. (Se a minha vó tava aqui ela ia falar que essa dona teve *um faniquito, um xilique, crise nervosa, o sistema bem nervoso mesmo*. Também, não é pra menos, cara. Acordar nessa jogada. Estressou, falou? Pesicossomou, essa bagaça toda de gente fina).

Esse sujeito é bem esquisito, fala coisas erradas e de repente fala coisas que um cara que fala errado não falaria, isso é bandido que se apresente? Bandido com crise psicolinguística! Claro que não, isso é um sonho erótico e ele é só... lembrei! Agora eu lembrei mesmo! *Teu sorriso prende, inebria, entontece!*

— Dorme um pouco.

Teu sorriso prende...

— Dorme que a senhora já recupera.

Inebria...

— Vou ficar aqui sentado enquanto a senhora dorme.

Entontece...

— Qualquer coisa é só chamar que tamos aí. Aqui.

engulhos & preconceitos

No escuro da madrugada.

— Seu bruto! Monstro!

— Quê?... Que que você...

— Só quer me levar pra cama! Seu covarde!

Ela continuou socando o marido, que tentava se proteger, se esquivar das pancadas dadas com vontade. Ela, mesmo de olhos abertos, não enxergava onde estava, com quem estava.

— Escuta aqui, camarada! Fique você sabendo que eu pratiquei judô desde menina, por mais de dez anos. Ganhei muita medalha em campeonatos.

— Como é que é? (Ela surtou, dessa vez acho que é caso pra internação!).

— Pratiquei esgrima, capoeira, aikidô, bambolê.

Fernando acendeu o abajur.

— Fiz yoga, tenho domínio total do corpo e da mente! Quase uma ninja!

— Que foi? Que fiz?

— Você pensa que só porque eu sou mulher...

— É o sonho? De novo?

— Não sei me defender? Fernando? Fernando! Que é que você está fazendo aqui?

— Tô dormindo aqui. Quer dizer, estava, né? Na nossa cama. Na nossa cama de sempre. Ai, Laura, dorme, pelo amor de Deus. Fica quietinha que o sono já volta. Amanhã você tem gravação bem cedo, hein? Vai estar com o rosto inchado!

Vendo que tinha espancado o homem errado, que estava com o homem errado, no local errado e para disfarçar, se justificar, conseguir compaixão, apertou o rosto, tornando-o mais sofrido.

— Fernaaando! O cara estava prestes a me picar em cubos e jogar as evidências do crime pros jacarés-de-papo-amarelo! Prestes a me estrangular e atirar o corpo do 93º andar do *Empire State Building*! Prestes a atirar um ácido vulcânico sobre meu pobre corpo, transfigurando minha carne...

— Nossa, sonho legal! Acontecendo tudo isso? Parece filme do Indiana Jones! (Minha boca tá dura ou muito mole ou é meu miolo que tá). Me chama pra participar do próximo! (Eu devia estar sacudindo essa mulher pra ver se ela acordava, digo, voltava a dormir, ou sei lá!).

— NÃO ESTOU BRINCANDO!

— Tá, não grita que é de madrugada! Vai acordar toda a vizinhança!

Uhuu! Ele finalmente acordou!

Fernando suspirou e se levantou da cama, ou melhor, se levantou suspirando e foi meio fora de prumo na direção do banheiro.

Uhuu! Saiu da cama! Vou poder dizer TUDO que eu quero. E ouvir. Um pouco. Ai, não, ele pretende mijar no escuro?

— Acende a luz pra acertar o vaso sanitário.

— Como é que é aí?

— Nada. Eu não disse nada.

Pode mijar à vontade no chão, seu porco. Ai, essas coisas de homem às vezes me dão engulhos!

Será que casamento é isso?

Ele continuou falando lá do banheiro, onde estava tentando se localizar no escuro:

— Puxa vida, Laura, você está com a cabeça muito cheia de coisas, vem trabalhando demais e não tem dado vazão aos sentimentos, às emoções. Fica tudo guardado. Aí acaba tendo esses pesadelos mesmo.

Laura sorriu com todos os dentes ao ouvir o barulho da tampa da privada sendo levantada com "aquela estupidez de troglodita mimado pela mãe".

Ai! Ui! Ele tá fazendo xixi! De noite ele demora, vai de esguicho em esguicho, coisa mais estranha. Se eu andar daquele jeito que eu estou usando na Alice posso dar uma espiada "totalmente despretensiosa e fortuita", o que ele está falando? Do quê? Ele vai falar em terapia, quer ver? Ver não, né, quer ouvir?

— Você precisava era fazer uma terapia, conversar com um analista, desabafar certas coisas. (De dia. Não de madrugada. Não aqui. Aqui é um local de repouso. Porra. Quer dizer, é local pra outro tipo de atividade também, mas isso quando os dois estão acordados! Porra!).

Ótimo! *Timing* perfeito! Com essa eu tenho a motivação, posso ir, sem ficar falso, até a porta do banheiro. Ai! Que coisa tão linda, nunca vou me acostumar, nunca vou deixar de me excitar de ver ele assim, segurando essa coisa tão esquisita, tão feia, tão disforme quando neste estado e TÃO tesuda! Pera aí! Certas coisas?

— Que certas coisas? Tá me chamando de louca? Quer me internar numa clínica como inapta mental?

— Laura, se acalma, eu falei em analista.

Balançou, sacudiu... vira! Vira! Virou! Esqueceu de guardar, eu não preciso olhar direto pra ver que está pra fora do pijama. Como que pode! Deve ser horrível ter uma coisa dessas entre as pernas e mais o saco, mais tosco e bizarro ainda, que ao sabor da temperatura se encolhe ou se alonga! O Senhor estava especialmente inspirado quando teve essa ideia, fala a verdade! O bom é que eles carregam vida afora aquele negócio incomodativo e nós mulheres é que desfrutamos a melhor parte, refiro-me naturalmente ao núcleo duro da questão.

— Um terapeuta especializado, alguém bem bom, confiável. Pra você conseguir.

Conseguir o quê? Meu Deus do céu, termina essas frases! Por que ele para no meio das frases? Não fala as últimas palavras? Será que é algum tipo de retardo mental? Deficiência de alguma vitamina? Trauma na gestação? Ele é que precisa de ajuda psiquiátrica.

— Pra você contar os problemas, passar a limpo alguma coisa que ficou reprimida e tá te fazendo mal. (Ela tá distraída. Tá com sono, pentelha? Não vai dormir agora não, me acordou, vai me escutar até o fim). Só isso, meu amor.

— Que analista? Você sabe que não confio em analista. Nunca vi analista resolver problema de ninguém.

— Ah, viu sim! Quanta gente conta que a análise mudou a vida delas. Eu mesmo, fiz, você sabe, quando tive aquela crise no casamento com a. (Peraí. Ela tá olhando pro meu pau).

— SEI! Não precisa contar pela centésima vez. Dispenso aquela linda descrição de como soaram sinos no momento da tua reconciliação com a...

— A crise não foi por ela, é que tinha nascido o Henriqueinho, e então. (E você, tá ou não tá torcendo pro peitinho que tá quase saindo pra fora da camisola, sair?).

— Então, o quê? O que que tem o terceiro rebento?

— Rebento? Só falta chamar meu caçula de filhote! Bacuri! Girino! Isso não é coisa.

— Chega! Eu odeio esses pontos finais que você põe no meio das frases!

— Eu não tenho a menor ideia de que pontos finais você está.

— Meu Deus do céu! Termina o que começou a dizer! E nós estávamos falando sobre outra coisa, não sobre os teus filhos com aquela songa-monga!

E guarda o dito cujo no short que está me distraindo. Ah... guardou. Mas eu sei por quê! Estava ficando duro, o safado!

— Como assim, agora não posso mais falar do meu passado e nem do presente, pelo visto, porque meus filhos são parte importante da minha vida, e se você. (Ou ela é muito boa atriz ou não percebeu que eu tava ficando de pau duro, peraí! Ela é uma puta atriz! Safada!).

— Terapia, meu amor! Estávamos falando de te-ra-pia e de que eu não confio nesses "profissionais especializados" em iludir gente fragilizada.

— Ai, para com esse orgulho todo...

Fala! Diz a outra palavra, por favor, por favor, por favor!

— ... esse preconceito!

Falou! O-ba! Era a deixa que estava esperando!

— Eu adorei a versão da BBC, pra TV. Já te contei que assisti lá em Londres, com o Colin Firth e a Jennifer Ehle. Mas não dá pra comparar, aliás, não tem porque comparar à versão do "Orgulho e Preconceito" de 1940 com o Laurence Olivier. A Greer Garson era muito velha pro papel, ou pelo menos parecia, as mulheres pareciam ser mais velhas nos anos 40, 50, começo de 60, elas queriam ser senhoras distintas, ainda não tinha começado esse frenesi coletivo de tentar parecer ter 30 quando já chegou aos 70. Eu mesma, que tenho uma pele bem boa, deve ser por conta de algum pé na cozinha dos meus ancestrais, só tirei um pouquinho ali e estiquei um bocadinho ali, e me re-cu-so a deixar alguém injetar veneno de cobra na minha cara! O que era mesmo?... Ah, orgulho e preconceito... Sabe, eu já era, desde nem pequena, apaixonada pelo livro.

Ele acha que eu não percebi. Que tolinho, credo. E continua! Tá ficando daquele jeito. Enooorme. Acorda, gigante adormecido! Colosso de Rhodes! Sétima maravilha do mundo moderno!

— A minha avó, a vó Lali, tinha o livro lá na casa dela. E depois, quando assisti ao filme pela primeira vez eu achei...

— Laura, desliga um minuto essa autobiografia automática e em moto perpetuo! Esses pre-textos de autobrilho!

— Que absurdo! Vai me dizer que você não fica pensando em você mesmo o tempo todo!

— Talvez eu fique, mas só pensando, não falando em voz alta!

— Vai me dizer que você pensa em mim!

— Penso. Mas não era disso que eu estava falando... ah! Nós não estamos falando de filmes. Estamos falando de outra coisa. Algo realmente importante. Das nossas vidas reais. Acorda. Sai um pouco desse mundinho, por favor, pensa em. (Putz, como que acontece isso, caramba, eu tô compenetrado, falando uma coisa séria, importante, que essa mulher precisa ouvir e o Júnior resolve continuar crescendo de tamanho? Caralho!).

— Mundinho? Você está chamando a minha vida, minha carreira, meus prêmios, o reconhecimento do público, o meio artístico todo, afinal, de "mundinho"? Eu não vou dormir com essa, Sr. Fernando.

Uma hora não vai ter clima, vai ser impossível pros dois fingirem que não tem essa coisa armada entre mim e ele!

Fernando cruzou os braços, coçou a cabeça, o nariz, uma das orelhas. Sem saber mais como chamar a atenção dela para outra parte de seu corpo, sentou na cama e torceu o corpo para trás, se virando para pegar o copo de água e tomou, sem estar sentindo a menor sede.

— Você é que falou "orgulho e preconceito"! Aí eu conectei com uma lembrança. Só isso. Não tenho culpa de ter uma cabeça boa, de gente ilustrada e inteligente, apta a fazer conexões interessantes o tempo todo.

Que gracinha, tá fazendo de tudo pra tirar o foco dali, ele está mesmo querendo conversar, foco, Laura, foco, aproveita que não é toda noite que seu marido acorda disposto a conversar sobre você e ele e vocês dois...

— E, de mais a mais, não estamos falando de "algo realmente importante". Estamos falando de gente fraca e abilolada que precisa ir a um médico de louco porque não dá conta de seus próprios problemas e então aluga um ombro amigo. Bom, às vezes aluga até outras partes também, enfim.

— Laura, você está sendo cruel! Não se ponha num pedestal, se achando o máximo, achando que não precisa desse tipo de ajuda. (Vai rolar! Vai rolar uma sessão de sexo animal!).

— Eu? Não me acho o máximo. Pelo contrário, meu queridinho. Eu admiro gente que tem tamaaanha disponibilidade de tempo e dinheiro pra passar três dias da semana enfrentando um trânsito desgraçado só pra ir num consultório artificialmente decorado, pra ficar deitada num divã falando de si própria. Eu não tenho essa condição, essa liberdade. Quem me dera!

— Eu sei. (O peitinho continua querendo escapar!).

— Tenho a agenda lotada...

— Eu sei. (Ela tá se inclinando pra alça cair e o peitinho fugir e olhando com o rabo do olho pro meu pau, meu braço tá meio na frente, mas dá pra ver, deve dar pra ver que o circo tá armado e o palhaço, nariz vermelho e tudo, tá pronto pra entrar no picadeiro. Pica-deiro. Que infâmia, ela não vai parar nunca de explicar o quanto é ocupada?).

— ...diretor, produtor, autor, roteirista, diretor de *casting* me ligando o tempo todo. Uma multidão esperando que eu diga sim pro próximo papel. Qualquer brechinha entre uma cena e outra é um luxo, que eu não uso para lazer, uso pra decorar texto, metade da minha vida eu passei decorando, um dia desses vou exigir ponto eletrônico como aquela lá que você sabe quem é.

— Sei. Não precisa falar dela. Você acha... (Pensei que a torneira tinha sido fechada. Não é torneira. É uma cachoeira, uma catarata, uma verdadeira Niagara Falls de palavras que jorram, faz cara de interessado senão dissipa o clima).

— E as viagens e os compromissos com a imprensa. Você sabe Imagina se eu vou esperar alguém me dizer o que é que eu devo fazer se meu penteado deu errado naquele dia! Ah, quando tem alguma coisa me incomodando eu mesma passo a limpo.

— Sim, vai numa joalheria e compra um colar caríssimo! Diz que não. (Putz, fudi tudo).

— Ai que cínico! Muito melhor um colar. É uma coisa que dura pra sempre. Eu é que não vou botar meu dinheirinho suado na conta de um malandro — ou de uma malandra, que eu não sou sexista — que fica sentado fazendo caras e bocas e de vez em quando diz uma frase de efeito tipo *A vida é assim mesmo. Os sonhos são realizações de desejos suprimidos ou recalcados. Seu eu profundo deve superar isso. Hasta la vista, baby, que acabou o tempo da sua sessão.*

— Se o problema é dinheiro, Lalá, eu pago. Dou um tratamento completo, dure quanto durar, de presente pra você! (Eu faço qualquer coisa pra você deixar as duas alças escorregarem ao mesmo tempo e os dois peitinhos pularem pra fora, se eu não grudar as duas mãos nesse colchão vou pular pra cima dela e pegar os dois à força!). Presente dos nossos anos de felicidade juntos. Que você acha, hein, amor? (Chega de papo? Podemos passar pras preliminares em si?).

— Dinheiro, Fernando? Problema de dinheiro? Eu trabalho como atriz profissional desde os nove anos! Você me ofende com essa.

— Por quê? (Por que um peitinho quase saindo é mais tesudo do que um que já tá exposto?).

— Vai me dar um tratamento de presente! E completo, tratamento com-ple-to, ainda bem, porque podia ser só a metade e o resto eu parcelava! Nossa, que romântico!

— Não fala assim. (Os biquinhos estão durinhos, quase furando o tecido da camisola, que coisa de louco).

— Finalmente um homem vai me ajudar, vai investir na minha sobrevivência psíquica! Glória a Deus, minhas preces foram atendidas!

— Escuta, Lalá.

Ai que delícia essa guerra dos sexos na sessão coruja, isso me deixa... eu estou ficando daquele jeito, será que sem querer eu deixo uma alça da camisola escorregar pra fora do ombro, não, ainda não, essa preliminar está de-li--ci-o-sa, faz tanto tempo, meses e meses de trepadinhas burocráticas, feito robôs, zumbis, dois bonecos de demonstração dos perigos no trânsito, só não posso deixar se estender, que ele pode cansar, deitar virado pra parede e começar a roncar em meio segundo.

— Escuta bem, eu não preciso do teu dinheiro, Senhor Fernando Evilásio Freitas, muito agradecida!

Ai, ai, ai, deixei escapar esse Evilásio, se ele vier com a Eulália, a culpa é toda minha.

— Olha! (Que tal a gente deixar essa conferência de paz na ONU pra amanhã, chega de disputa, e deitar e rolar, ai, ai, ai, dis-puta, dê-itar e rola-r, caramba, meu cérebro tem só onze anos de idade!).

— E, de mais a mais, se você quiser tirar um extrato dos meus rendimentos, pede pro meu irmão...

— O fabuloso Dr. Rodolfo Sérgio Bloomitz. (Putz!) Ok. (Peguei pesado).

— É, ele mesmo e a equipe dele podem te informar quanto eu venho amealhando, ao longo dos anos, com o MEU trabalho.

— Não foi isso que eu quis dizer!

— Não, é?

— Eu lá quero saber quanto você tem? (Tá estranho. Fudeu. Quer dizer, ninguém fudeu nem vai). Por isso mesmo a gente se casou com separação total de bens. Pra eu não ter que ouvir insinuações de que estou com você por interesse na tua grana! (Ela ficou estranha de repente). E, por falar na tua grana, ah... Deixa pra lá.

Ah, não! Isso é o que ele diz antes de deitar e virar pra parede! Vou ter que prolongar esse papinho.

— AH, NÃO! Fala! Começou, agora fala!

— Tá. Você deveria é abrir o olho com seus advogadinhos... (Vai me dizer que subitamente ela entrou no período de Tiranossaura Rex? Não, ela ficou menstruada na semana passada..., puta merda, vai me dizer que por causa do aquecimento global, os buracos na camada de ozônio, essas coisas do século XXI, as fêmeas da espécie vão começar a ovular duas vezes por mês? Estamos ferrados! Isso pode causar a terceira e última guerra mundial!). Esses franguinhos, esses bonequinhos do pelotão de frente do teu irmão. (Ela fechou a cara, deu uma afastada, não tá mais olhando na minha cara e muito menos monitorando o meu pau!). Você tem plena certeza de que o Rodolfo está cuidando bem do teu dinheiro?

Filho da puta! Ah, ele vai ouvir!

— Isso eu não vou aguentar, Fernando! Você insinuando que o Rodolfo está me lesando financeiramente? Isso eu não admito!

— Não estou insinuando coisa alguma. (Por que eu fui citar o nome do pentelhão?). Esquece. Falei besteira. Não é problema meu. (Muda de assunto já, cara!). Mas escuta, Lalá, não desvia do assunto. Estamos discutindo, conversando, sobre a possibilidade de você ir a um, uma, analista.

Que droga, ele tinha que falar no Dolfinho, acabou o clima, se tem uma coisa que eu NÃO curto é incesto, mesmo, me dá esse mal-estar súbito, essa preguiça de tudo, principalmente daquilo, segura essa alça que ela tá quase caindo, Laura!

— Não mete meu irmão nessa história.

— Não meto mesmo, que isso aí é um buraco sem fundo. (Não vou meter é nada mesmo. Tô fora dessa, fudeu, ela tá quase no outro lado da cama, quase saindo, quase dizendo pra eu não ousar me aproximar, não, ela já tá dizendo isso com o corpo inteiro, que bosta).

— Como assim?

— Tua fixação nesse teu irmão é doentia. Já te ocorreu que ele pode não ser o cara maravilhoso que você acha que te ama e protege incondicionalmente? (Já que abri essa caixa de Pandora, foda-se, vou falar tudo que eu acho). Que ele não é o modelo de perfeição que você inventou na tua cabeça pra substituir o teu pai, que abandonou a família.

— Você está falando de coisas que não sabe. Eu não quero abordar esse assunto!

— Viu só? (Que saco, por que eu tinha que citar o cu-nhado?). Tem coisas que você evita.

— Evito mesmo, assim como acariciar uma cascavel, entrar num rio cheio de jacarés e piranhas, perguntar pra sua filhinha se ela quer almoçar ou jantar... (A putinha é anoréxica, ela bem que podia ser hospitalizada, uma mala a menos pra eu carregar. Mesmo que de vez em quando. Bem de vez em quando. Quase nunca).

— A psicanálise te ajudaria a desenterrar o que está oculto e dar uma arejada nessas coisas emboloradas.

— Eu sou uma atriz de verdade, Fernando. Reconhecida e respeitada. Entro e saio de personagens complexos, dificílimos. Você sabe quantos papéis eu já interpretei na vida?

— Sei, sei. (Trezentos e setenta e nove? Mil duzentos e dezoito? Cinco milhões novecentos e trinta e sete mil e duzentos e oitenta e oito? Saco, olha só! Ela levantou de novo a alça, assim o peitinho não tem como escapar, vou ficar no quase).

— Se eu não tivesse uma personalidade fortemente definida, sólida, eu seria um fracasso como atriz. Não estou me achando superior a ninguém, mas é que eu não preciso e não confio em tratamento nenhum!

— Papéis, papéis, Laura, querida, eu não estou falando de competência profissional. (Caía bem agora um puta elogio). Você é a maior atriz do país!

Ele nunca disse isso!

— Laura, isso todo mundo sabe. Estou falando em desabafar. (Que é isso? Uma hora estávamos no Caribe e subitamente, na próxima estação, chegamos na Sibéria, em pleno inverno?). Qual o problema em se abrir pra alguém especializado em escutar os outros e?

Ele acha mesmo que eu sou a melhor ou disse isso pra me fazer prestar atenção nele? Nesse caso, o efeito foi o contrário, o que ele está querendo?

– Falar do que está soterrado aí dentro de você mesma? (Que coisa mais esquisita ser assim, tá nas preliminares das preliminares numa boa, deixando o corpo fazer a parte dele sem interferir, e sem deixar o parceiro notar — ou fingir que não nota, tanto faz — a fogueira que está se formando, o incêndio que está se alastrando, o desejo implacável, inevitável porque sabe que é recíproco, os dois a dois passos de uma pegada animal e só por causa de um nome dito em voz alta tudo se apaga, se consome, acaba, se dissipa, esfria, desliga, se fecha, como é que isso pode acontecer sem nem ao menos uma estranguladinha no careca, sem por alguma coisa pra fora?).

Ele deve achar ou pelo menos pensou nisso, um elogio desses não sai à toa no meio de um assunto...

— Laura, todo mundo tem problemas, tem coisas que a gente oculta por anos. É normal procurar ajuda. Ia te fazer bem.

— Você acha mesmo que eu sou a melhor do país? Todo mundo sabe? As pessoas falam isso?

— Ai, não tem jeito mesmo. (Eita mulherzinha difícil). Eu vou voltar a dormir. Me desculpe. Tô exausto. (Putaqueopariu, que inferno).

Fernando puxou o short de pijama, ajeitou aquela coisa flácida, se virou para a parede, bufou, respirou e ficou imóvel, pedindo a Deus que ela não fizesse questão de continuar aquela coisa chatíssima, frustrante, irritante no meio da noite.

Dorme mesmo. Quer que eu cante um acalanto? Uma *berceuse*? Fiz canto lírico, *amore*, posso embalar seu sono com grande melodiosidade. Ai, minha Santa Domitila, tem horas em que prefiro mil vezes o Fernando quietinho do que falando essas abobrinhas, esse monte de coisas inconsequentes! Imagina se eu vou me enfiar num consultório, pagar uma grana descomunal pra um sujeito ou pra uma sujeita com uns diplomas idiotas na parede só pra contar o que é que se passa na minha cabeça! Que tolice isso! Eu dou vazão a tudo o que se passa na minha cabeça e no meu coração. No meu fígado, no meu baço. Sou atriz! Não fico remoendo nada. Não tenho recalques. Não tenho nada escondido, socado pra debaixo do tapete. Sou pura exposição de sentimentos o tempo todo. Sou transparente. O Fernando é que é hipocondríaco. Mania de doença. Paixão por ir em médico. Parece o Argan do Molière. Em que peça mesmo? "As Preciosas Ridículas"? Não, "O Duende Imaginário". Duende, Laura? É você que está gravemente doente! "O Doente Imaginário", faça-me o favor! Eu fiz a Angélique, e depois, noutra montagem, fiz a Toinette, aquela empregada danadinha. Ou foi o contrário? Sei lá, faz tanto tempo isso. Era tão jovenzinha. Tá, ainda sou jovem! Ai, a Toinette! Uma verdadeira Banana Split de personagem, se você faz direito, o público ri com você a cada frase. O que eu estava remoendo mesmo? Ah: o Fernando me irrita com essa insistência de que eu tenho que ver um psicanalista. Não é de hoje que ele quer que eu vá num terapeuta, xamã, guru, sei lá que besteira. Eu não confio. Não confio nessa laia e ponto. É como ir em sortista, vidente, quiromante. Tudo enrolação. Baboseira. Eles pescam umas fragilidades da gente e aí você fica refém do esquema todo. E te levam milhões na jogada. Manipulação pra caramba. E ainda mais se você for uma figura pública como eu. Escutam você se abrir e depois soltam as histórias no ventilador. A mim, não engambelam. Teve um tempo em que eu quase fui. Depois, fiquei sabendo daquelas coisas... daquele psicanalista famosérrimo e decidi que nunca NUNCA vou pisar num consultório desses espertinhos. Eu devia era contar pro Fernando porque é que eu não vou fazer análise nunca. Não, tem coisas que a gente não deve contar, mas não é porque a coisa significa um problema grotesco que a gente está tentando, por meio dos mais ardilosos estratagemas, esconder. É que cada um deve manter uma reserva sobre si. Chama-se "ter privacidade", só isso. E olha o que aconteceu com a Teresa. A família ficava pressionando pra ela ir consultar com um analista. Sim, a Teresa Triggeri, aquela atriz monumental, adoro aquele cabelo dela, já tentei imitar mas o meu não fica igual, diva mesmo, e aqueles olhões azuis, acabou cedendo e foi parar num consultório desses e, ela mesma me contou e rimos horrores, ela passou meses enrolando a tal terapeuta maravilhosa, que tinha estudado em Berlin, na Iugoslávia, na Pérsia, que sacava tudo de Freud e não perdia um congresso; a cada sessão, caríssima, a Teresa inventava histórias, contava coisas fictícias sobre o passado, sobre romances e dores de corno, chorava, gargalhava, confidenciava as coisas mais íntimas, inclusive coisas passadas na infância, lógico. Pura mentira. Até inseria falas de peças famosas e a terapeuta engolia. Resultado: depois de um tempo, a tal "psicoisa" achou que tinha resolvido os problemas da Teresa, fez um discurso lindo sobre a independência do paciente e a Teresa recebeu alta, estava curada, pronta pro mundo e pra vida, não é linda essa história?

O problema do Fernando é que ele não tem foco. Ele desviou totalmente do MEU problema, que era o sonho horrível que eu tive! Se pôs a falar de filhos, aquela chatice de sempre e a ex-mulher babaquinha. E tentou incluir meu irmão na conversa! Que é que ele sabe do meu irmão? O Fernando é uma verdadeira criança! Filhos dele, claro! Ele só quer, sempre, abrir uma brechinha pra desfiar aquele rosário perpétuo, que *filhos são a maior alegria da vida da gente, que eu não sei o que isso significa porque decidi não tê-los*, ai, me poupe disso. Esgotou, Fernando! Muda o disco. Ele não sabe se concentrar num tema, numa discussão, e investigar a fundo o tópico em questão. Fica derivando pra outras coisas. Putz, amanhã eu preciso ligar pro coreógrafo e dizer que não vai dar aquilo que ele pensou, tem a escadinha e com aquele figurino, fiz a prova antes de ontem, não funcionou mesmo. O Clóvis foi um achado! Esse musical está ficando um estouro! Vem prêmio, na certa. E de quem foi a ideia sen-sa-ci-o-nal de fazer uma versão musical da "Megera Domada"? De quem? De quem? Do diretor geral daquela novela, aquela com duas gêmeas e as duas eram más, isso sim foi uma ideia genial! Mas esse diretor se aposentou, não, tadinho, morreu, que coisa triste, tão moço, dizem que é o pó que faz isso com as pessoas, os órgãos internos envelhecem antes das pessoas, se o cara tem cinquenta anos, o coração dele pode ter setenta, dependendo da quantidade que ele cheirou! Mas o que eu? Ah é, mas fui eu que inventei o nome "A Megera em Dó

Maior", que tem as duas primeiras sílabas de "Domada", mas tem a ver com musical, mas por que eu estou explicando a minha ideia pra mim mesma? Ih, pirei de vez! Eu estava falando de outra coisa, não, estava falando desse sujeito aqui ao meu lado! O Fernando não tem maturidade pra papo-cabeça. É muito agarrado aos problemas e experiências dele mesmo! E daquela ex-mulherzinha dele, medíocre e coadjuvante. Não tem espaço pro "outro". Isso tá na moda, falar isso "o outro". Alteridade.

Admito: eu gostava de conversar com a Estela. Ela era paciente, gostava de me ouvir e sempre dava umas sugestões bacanas. Não, às vezes ela era bem chatinha. Quase sempre era muito chatinha. Muito moralista. E a Estela não serve de exemplo pra ninguém, que não conseguiu segurar o próprio marido. Acho que isso de mania de perfeição pode acabar sendo um problema na vida da pessoa. A Estela é aborrecida, com aquelas coisas de *a felicidade está ao seu alcance*. Muito Mary Poppins. Muito Cinderela. Preconceituosa, sim. Tem preconceito contra mulheres independentes, que decidiram não ter filhos. O Fernando também é preconceituoso com um monte de coisas. Ele nega, mas é um conservador bem enraizadinho. Por que é que falou no Rodolfo? Insinuou aquelas coisas de grana, da minha grana, que o meu irmão não está administrando direito. Porque o Rodolfo é gay e o Fernando não aguenta isso. Gay e super bem resolvido, mas o Fernando não sabe conviver com a felicidade alheia. Eu vi como ele tratou o companheiro do Rodolfo naquele jantar aqui em casa. Ai, foi horrível. Hostilizando o Rafael o tempo todo! É praticamente meu cunhado. E dele também, afinal! O

Fernando é realmente limitadinho. Não assume, mas quer sempre regular a vida dos outros com essa coisa de *a família é a célula mater da sociedade*. Tem meia dúzia de axiomas que ele segue feito cartilha! Aí encaixa os filhos dele, que são exemplares, claro. É tudo fachada pra encaixar os filhos dele. Três xaropes, mimadinhos, cheios de babás, motoristas, fonoaudiólogas, ortodontistas, nutricionistas, ludoterapeutas, professores de reforço, psicólogas. NUNCA vou contar pro Fernando aquela história do psicanalista, aquele famosérrimo, maior especialista em Lacan do Hemisfério, mil cursos na França, até deu aulas lá numa universidade. É citado em todas as entrevistas de gente chique, *pseudo-chic*, sonho de consumo de todo emergente da Zona Norte. Metade da emissora entrava e saía do consultório dele. Pois ele não mantinha segredo sobre ab-so-lu-ta-men-te na-da do que ouvia ali dentro. Na hora da... quer dizer, em momentos de intimidade com alguém, espalhava por aí as coisas mais recônditas que os pacientes revelavam. Que sigilo coisa nenhuma! E ainda se achava o maior bacana, ria dos problemas dos outros. Mas como é que eu vou contar isso pro Fernando? Ele não vai acreditar, vai me perguntar como é que eu sei. Como é que eu fiquei sabendo, por exemplo, daquele lance do Demétrio Cruz enquanto fazia aquele filme de tanto sucesso, aquele escândalo que saiu em tudo quanto é revista, ninguém pode imaginar a verdadeira epopeia com o cachorro, a copeira que sumiu com a agendinha, o pinguim falso e o vizinho vesgo que surgiu do nada quando apertaram a campainha, e o pior: a mãe do suposto namorado da filha nem mencionaram, e depois a coisa da garrafa de vinho pela metade, aquilo ficou muito esquisito! Essa coisa toda dava uma série, ou pelo menos uma mini-série daquele canal a cabo... Pois eu fiquei por dentro de toda a verdade porque o tal psicanalistazinho deixou vazar, deixou de propósito! E aquela história cabeluda com a Zilda Madeira? E bem quando ela estava em cartaz, em plena temporada! Aquela história é de arrepiar! O tal pingente que ela havia perdido, ú-ni-ca lembrança que a mãe tinha deixado pra ela, e nem satisfação deram pro padrasto, a Dalva encontrou ele na padaria, na frente da casa dela, e o cachecol manchado e depois a polícia encontrou no terreno baldio e ninguém cogitou que o sumiço da gaiola com os canários estava ligado à tara que o namoradinho dela, que era amante daquela etrusca, tinha por gaiolas. Como é que eu fiquei sabendo a verdade sobre a Zilda? Psicanalistazinho contou. E o caso que o Davi Menezes teve com a Margarida Videira, é! a Margarida Videira sim senhor, pasmem, só porque o Davi queria ter acesso ao arquivo de fotos comprometedoras de um tal de Capitão Aníbal, que era primo em terceiro grau do segundo ex-marido da Marga e, no fim, o coitado do Davi, eu fiz "*Hair*" com ele, passamos meses peladinhos toda noite embaixo daquele pano, era a bandeira dos Estados Unidos? Não lembro! O que mesmo? Ah, o Davi se apaixonou pela meia-irmã da Margarida que morava na Suécia e deixou os filhos, ela era casada com um arquiteto norueguês que colecionava porta-retratos da Bauhaus, e o pai dele picou a própria mãe em pedacinhos por conta de uma herança e de um amor incestuoso que envolvia a avó e um *schnauzer* miniatura. Um crime horrível. Como é que eu vou falar pro

Fernando que eu sei disso tudo? Claro que ele ia achar que eu dormi com o tal psicanalista! Só assim pra eu ficar sabendo de tantos detalhes. Mas não foi isso! Mas eu não tenho como contar pro Fernando como é que foi, certeza absoluta, corto um dedo: ele viria com pedras nas duas mãos. O Rodolfo teve pedra no rim aquela vez, nossa, foi um susto, dói pra caramba. Deus me livre do Fernando descobrir que quem me contou todas essas fofocas, quem me passou a ficha corrida de toda essa gente foi a Tatiana Fraga! NUNCA vou falar nada da Tatiana pro Fernando! O Fer é muito moralista. E ele sabe que hoje em dia eu acho a Tatiana uma bestinha, infantil, superficial — só mais uma dessas carinhas bonitas da televisão, mas oca e não vai ter muito futuro. O Fer não vai entender que eu já fui amiga, beeem amiiiiga da Tatiana e que ELA teve um caso com o tal psicanalistazinho de araque e que ELE contava pra ela todos esses podres alheios. O Fernando não vai entender que a Tati me contou isso num momento muito especial, quer dizer, tipo num momento de fraqueza, quer dizer, num momento de sinceridade, tipo... tá, num momento íntimo entre nós duas. Naquelas raras conversas que às vezes a gente tem quando pinta um clima, num banco de praça, por exemplo, numa igreja, ou num barzinho no fim da noite ou até, por que não? ... na... na cama! Bom, tudo o que rolou com a Tatiana foi uma chatice — eu, pelo menos, achei muito monótono. Ela tinha anunciado maravilhas e eu não vi nada de maravilhoso, tô sendo bem sincera. Uma decepção. Mas, se era pra experimentar...

Ele não dormiu. Continuou inerte, cansado, mas ainda com vontade.

Eu estou muito a fim ou estou mesmo sentindo uma energia sexual animal vindo da direção onde está essa fêmea?

Laura sentiu que ele ainda estava acordado.

O Fernando não iria entender essa parte. E eu nunca tive atração pela Tatiana, deus me livre, que eu sei muito bem do que é que eu gosto! Aquele raptor, por exemplo, não é de se jogar fora, hein? Pena que foi imaginário porque eu bem que queria umazinha com ele. Duas, três, saldo ilimitado, por que não? E o lance com a Tatiana foi só porque ela ficava me provocando, me chamando de conservadora, de burguesinha careta! Não sou! Provei que não sou. O Fernando já tá roncando de novo? Ou é o ar condicionado? Às vezes eu confundo os dois sons.

Fernando fingiu um leve ronco, em dúvida se estava mesmo a fim de se virar e propor, com preguiça da resposta ser um sonoro NÃO!

Ai, fui me lembrar do carinha do sonho, já voltou aquele comichão demoníaco! Ai, olha que lindinho o Fernando, parece incrível, mas depois de tantos anos, quatro é bastante, eu ainda sou totalmente apaixonada por ele. Adoro o peito dele me esmagando quando ele está em cima de mim. E ele fala umas coisas tão excitantes. Adoro quando ele me chama de *minha flor da montanha*. Incrível como o Fernando sabe o que uma mulher gosta de ouvir. Eu, pelo menos fico em ponto de bala num segundo. "Ponto de bala" foi horrível, Laura, gíria antiquíssima. Tá bom! Fico subindo pelas paredes. E esse ombro dele, tão forte, me deixa maluca, essa coxa enorme, musculosa, e esse bíceps, o Fer tem uma pegada, ai, e ele me conhece até do avesso, sabe onde, quando e como investir contra mim. Aquela vez na cabine do barco foi alucinante! E no Carnaval em cima da mesa de sinuca! E aquela no lava-carros automático! Bem que ele podia dar uma acordadinha agora, a gente resolvia essas pendências de fundo psicofísico duma vez, sei que ele ia gostar e eu mais ainda, que isso de ficar pensando no escuro tá um puro tédio. Ele parou de fingir que está roncando, tadinho, acredita piamente que consegue me enganar quando finge que está dormindo. Vou dar uma provocadinha mais incisiva, vai que ele entende a mensagem. Ele adora quando eu passo a mão aqui.

— Ô, amor, que foi agora? (Agora ou vai ou vamos nessa!). Humm, muito bom isso, Laura. Pensei que você estava dormindo. Ôoo, vem mais perto, Lalázinha. (Tô pronto pra performar, olha só, coisa tesuda da minha existência!). Olha só isso aqui...

— Ai, que indecência, Fernando! (Que absurdo! Esse cara é doente, ou está tomando aquele comprimido roxo ou lilás que tá na moda? Me disseram que não é só senhores que tomam, tem muito homão por aí com disfunção erétil). Me solta. (Que insistência asquerosa!). Para!

— Mas você queria! (Caralho!). Me acordou e deu a partida no motor!

— Que papo é esse? Quem você pensa que é? Um Jaguar? Uma Mercedes?

— Ah, vem aqui, meu amor. (Eu vou insistir, ela tá se fazendo de difícil, sabe que duplica o tesão). Você me deixou louco, Lalá. (Uma rapidinha, pelo menos). Bem rapidinho, vamos?

— Fernando, que absurdo! (Que grosso, credo!).

— Então faz só aquilozinho bem gostoso, faz...

— Não seja vulgar e não me trate como objeto! (Quem ele pensa que eu sou? Ela?). Você tem cada coisa na cabeça! Não sei de onde tirou que eu estava a fim, assim, sem mais nem menos.

Será?

— Porra, você é que me acordou! (Que vaca!). Tava grudada em mim, metendo a mão boba onde não devia e agora vem com esse papinho de freira! (Caralho! Que bosta!). Porra, isso não se faz. (Vou fechar a porta, não! Vou tomar uma ducha e bater uma em homenagem a ela!). Que merda.

Fernando saiu em direção ao banheiro.

— Insensível! Grosso! Egoísta!

Casamento é isso?

Laura pegou o frasco de comprimidos com tarja preta e tomou todos os restantes. Cinco. Cinco mais três, oito: resgate suicida movido pela lei do desejo.

SEGUNDO ATO

quando tu sonhas, tudo isso vago, o desenho a poesia, há de ter os
pés ajustados à terra de seu próprio caminho

Hilda Hilst

cremes & castigos

Escrevo mentalmente como um cego que escreve com o dedo no ar, alguém que repete cada frase várias vezes até decorar porque, na manhã seguinte, deve ditar seu simulacro de história para a secretária, o sobrinho contratado, a amante com tempo de sobra, sim, alguém que enxergue e ponha no papel, datilografe, digite, imortalize, arquive, remeta, revise, corrija, dedique, só não assine. Sim, pensei em Homero, Borges, Joyce.

Estou acordada e não abro os olhos, deliberadamente promovo esse apagamento de uma realidade da qual tento fugir construindo saídas pela lateral. Não quero saber onde estou. Já sei onde estou. Reconheço cada buraco desta rua imensa em que dirijo loucamente pelas madrugadas, em que furo sinais, em que desconheço o sentido das setas, a doutrina das cores, a convenção do proibido. Reconheço cada movimento, cada gesto dessa coreografia que se esgarça, cada genialidade fabricada, embutida, socada nos discursos que decoro, que repito, que insisto e depois — seria apenas automatismo? algo de cínico? — recolho os aplausos, as flores em arranjos exclusivos da melhor floricultura, os abraços sem rosto. Reconheço cada átimo da feitura do traço que formará meu nome, minha assinatura, meu autógrafo no programa do espetáculo, que uma mão anônima me estende e lança junto um olhar de absurda admiração.

Tomando coragem, Laura abriu os olhos e soltou um suspiro-gemido-soluço-expiração entre teatral ou genuinamente cansado. Estava de volta ao "local do crime", como o batizou. Restava saber quem era o criminoso, a vítima, o crime. E o castigo?

Olhou em volta bem devagar, como se estivesse apenas olhando por olhar, sem a menor intensão de saber onde ele estava, se ele era como ela se lembrava, se estava olhando para ela, se sentia desejo, se estava prestes a ir até a cama e sei lá tantas coisas passam pela cabeça.

— Eu estou aqui.

— É, parece que tá mesmo. Tá, sim. Bem aqui.

Ele disse isso sem sorrir. Mas seus olhos brilhavam. Ele continuou sentado, e voltou o olhar para a TV ligada.

— Ai, meu São Vilibaldo, que despautério! Até quando ficarei nesse cativeiro, nessa situação absurda, degradante?

— Até quando chegar a hora da senhora ir embora.

— É elementar, meu caro. (Vai, fica aí pregado nessa tevezinha mequetrefe!)

Eu NUNCA assisto TV aberta! Detesto! E esses noticiários ridículos? Cada coisa que esse povo gosta de ver! Será que não percebem a manipulação por trás das reportagens? Não sabem que por trás daquilo que aparece na telinha tem um pelotão de profissionais especializados em alugar a cabeça alheia? Gente que passou anos numa universidade estudando como penetrar indelevelmente na cabeça do consumidor. Será que não sacam que esses repórteres passam duas horas espichando uma notícia medíocre e irrelevante, fazendo parecer algo importantíssimo pra sobrevivência da espécie, pra manutenção do equilíbrio do Planeta? *Botijão de gás quase explode na Vila Sanches!* Entrevista com a vizinha da dona do botijão. *Padre fez pornô para pagar estudos.* Entrevista com a vizinha do padre. *Moradora do Vale do Inhutu esquece marido no supermercado.* Entrevista com a vizinha da moradora. *Diva da ópera tem um caracol de estimação.* Entrevista com o caracol. Eu evito perder tempo vendo essas bobagens. E, se vejo, tenho pesadelos horríveis. Fica tudo grudado na minha cabeça. Pior que aquelas musiquinhas de uma única estrofe que fazem sucesso instantâneo no Carnaval. Leva dias pra sair da minha mente!! Aí dá-lhe Frontal pra pegar no sono! Aliás, com essas novelas acontece o mesmo, o efeito contaminante é poderosíssimo. A cabeça da gente vira um saco de gatos, fica impregnada, entulhada de lixo. Pra ser bem sincera, o último capítulo de novela ao qual assisti inteiro foi anos atrás, e ainda foi uma coincidência porque eu estava na casa da Celeste Medeiros e ela fez aquela pontinha — sim, encaixaram aquele arremedo de atriz porque ela é casada com o dono do banco que financia projeto cultural e ela adora aparecer — e eu precisava da assinatura da Celeste para aquela coisa do patrocínio do filme. Aí ela fez aquela recepção com todo mundo do cosmo televisivo e eu fiquei plantada, fingindo interesse, na frente de um daqueles telões idiotas que ela espalhou na casa toda. Foi puro azar porque ela sentou bem do meu lado. Histérica quando apareceu na tela e disse, com aquela voz infantilóide: *Eu detesto quando o champagne não harmoniza com a comida!* Se me dessem uma fala imbecil dessas eu me matava em cena aberta! Aí tive que assistir ao capítulo inteiro, mas naturalmente nunca vi mais nada daquela novela infame. Se visse mais alguma cena, eu juro que no dia seguinte ao invés de ir pra sala de maquiagem eu iria direto pro escritório do diretor geral ou do diretor do núcleo ou do diretor de produção pra me demitir! Mentira, confessa aí Laura que você adora quando assina um desses contratos milionários com a emissora mesmo que seja pra fazer uma porcaria de novela porque você vai poder torrar toda a grana que receber financiando a produção de mais uma peça... Sem precisar se curvar a nenhuma entidade que dê incentivo fiscal. Pouco importa se o enredo da novela é desprezível, pouco importa se tem ou nem tem enredo! Depois eu me esbaldo nos palcos! E aquele desejo antigo de ter um teatro com o seu nome? Tem Teatro Maria Della Costa, Dulcina, Adélia Meyer, Ruth Escobar, Bibi Ferreira... Por que não Teatro Laura Bloomitz? Soa super bem! Deve ser muito bom ter o nome eternamente na marquise.

O raptor está hipnotizado, totalmente absorto, presta atenção a cada detalhe da cena, parece enfeitiçado, vuduzado, arrebatado, lobotomizado... Laura vê nele uma amostra dos tipos que correspondem ao "seu público" e fica chocada.

A TV está virada para o outro lado e ela não pode ver as imagens que estão passando. Fica assistindo às expressões faciais do seu verdugo. Ele nem pisca. Ela ouve uma voz conhecida, mas não a reconhece de imediato.

— Essa gralha que está falando é a Estela, não? (ele não ouve). A Estela precisa fazer um daqueles cursos com a Glorinha! Taquara rachada!

É a Estela? Não, não, NÃO! Ai, meu Santo Arnolfo! Sou eu! Credo! EU! Não, pelo amor de todos os santos martirizados, torturados, mortos e canonizados! Essa gralha esganiçada, essa cigarra estrídula SOU EU!

— Ai, muda de canal! Não tá passando nenhum filme? Desliga! Oi? Você aí? Por favor? Pode me dar um pouquinho da sua atenção?

Atenção, Laura? Pois é tudo o que ele está lhe dando! Com o olhar fixo na sua imagem. Babando por você. É mesmo, o carinha tá magnetizado por mim na novela! Enfeitiçado. Nem respira. É isso que acontece em milhões de lares desse país de dimensões continentais? Gente! Que incrível! Pensei que só velhinhas desocupadas se interessassem por novela. E adolescentes, claro. E sogras! Olha só: um marmanjo como esse (bem gostosinho e másculo, aliás) fica derretido com uma história cheia de chavões! Cada coisa ridícula que estou dizendo nessa cena!!!

— A senhora pode... esperar um pouco? Porque eu estou.

Posso... claro... (Chega! Eu odeio esses pontos finais que vocês colocam no meio das frases).

Ele despregou o olhar da tela, virou-se para ela e a frase foi interrompida com um ponto final:

— A senhora tá aqui no.

— Parece que estou. Sou atriz de novela e estou na novela! Não é uma adorável coincidência! Ora, ora, o mundo, a vida, afinal, tem dessas significativas coincidências.

— É a senhora.

— É. Quem diria. (Nossa Senhora dos Aflitos, valei-me! Esse cara é imbecil?). Agora você pode, por tudo que te é mais sagrado desligar, ou pelo menos trocar de canal ou?

— Ou?

— Abaixar o volume, tirar de vez o som. Por favor, por favor, por favor.

Ele não disse nada; ficou olhando para ela embevecido. Esquecendo-se momentaneamente da aflição que sentiu ao ouvir sua própria voz gravada, Laura ficou curiosa para saber no que ele estava pensando:

— Fala.

— O quê?

— O que você está pensando.

— Eu? Tô pensando nada não, dona!

— Está sim! Até deu uma risadinha.

— Eu tava pensando que num paguei uma conta. A conta da luz. Lá de casa, sabe?

— Ai, mentira! Não desconversa!

— Caramba, eu num paguei a conta da água também!

— Desembucha!!

— Não precisa gritar! Eu tava pensando que... que... eu tava pensando, sabe quando passa uma coisa assim na cabeça da gente, passou assim uma ideia, uma coisa que eu achei que a senhora...

— FALA!

— émaisbonitaaindaaovivo!

Laura enrubesce.

— Ah, vá! Para!

— A senhora sabe disso.

— Eu não sei nada, meu caro.

— É mesmo, eles pagam uma fortuna pra senhora aparecer na novela no papel principal, pra dar entrevista, pra sair na capa das revista, pra fazer anúncio de sabonete, de cerveja, aquele famoso de cozinha modulada, de maionese, de carrão, o da sandália, de absorvente, de macarrão só porque a senhora é muito feia e eles têm pena. A senhora tá sabendo sim.

— Acho que só sou um pouco menos pavorosa ao vivo.

Caramba, agora passou uma frase na minha cabeça que se eu falar pra esse cara ele vai pensar que estou louca. Me lembrei de algo que os apresentadores diziam, naqueles programas do começo da TV: *Que pena que a televisão não é a cores para vocês poderem admirar a beleza desse espocar de fogos de artifício...* Ai, como eu sou antiga. Tudo bem que eu era pequena naquela época, mas esse cara não deve nem saber que a TV já foi preto-e-branco! Final dos anos 60. E fogos de artifício? Não, não vou fazer aquela sessão retrô na minha cabeça. Não vou lembrar dos programas da Jovem Guarda, não vou lembrar da Martinha que eu adorava, não vou lembrar da ida do homem à lua e nem dos programas do Flávio Cavalcanti! "Repórter Esso", nem pensar. Não me lembro de "*Tele Catch*" nem de "Bossaudade". Passou. Eu era quase mais ou menos recém-nascida!

Ele continuou olhando para ela, extasiado.

— Eu sei que não sou bonita. As meninas descobrem isso bem cedo. Aos 5, 6 anos. Sempre tem uma tia-avó sutilíssima pronta pra te comparar com as primas bonitas.

— Ah, vem dizer que isso aconteceu com a senhora!

— Eu consigo ficar pior quando sou fotografada ou filmada. E maquiagem forte não ajuda, e eles tacam maquiagem na cara da gente, quilos, sabe, porque precisam encher o cenário de luz pra evitar as sombras, entende?

— Não.

— Já notou que quase sempre parece que as casas não têm teto e lá fora está o maior sol? Então, eles tacam um monte de luzes para não parecer que tem luz artificial iluminando a gente. Eu tive que enfrentar esse problema para conseguir ter uma carreira. Eles preferem as bonitinhas, mesmo que sejam inexpressivas e mal consigam falar sem babar. Cada vez mais são as bonitinhas que estão fazendo todos os papéis. É aquilo que aquela amiga intelectual daquele colega disse: *"A TV está cada vez mais pra Apolo que pra Dionísio"*. As atrizes com cara de gente fazem personagens cada vez menos importantes. Se bem que algumas, as muito, muito boas, conseguem papéis bons porque as bonitinhas não seguram cenas mais complexas que ficar sentada num sofá ou à mesa de refeição e ir soltando as frases. Eu tenho a sorte de ter nascido com algum talento. Não canto mal, sei me movimentar, domino um palco, danço, vários estilos, enfim, tenho algum preparo. Senão, ia só fazer as bruxas, as governantas mudas, as mães possessivas, as freiras sorridentes, as sogras rancorosas.

— Não é isso não.

Ai, que ousado esse carinha! Me interrompeu sem cerimônia e agora vai expor seus pensamentos, as conclusões filosóficas às quais chegou após muita reflexão, após confrontos profundíssimos entre filósofos da Escola Sofística e os do Neoconfucionismo! Se ele disser o que estou pensando, meudeusdocéu! Caio de joelhos, caio de quatro, caio aos seus pés, *mon amour*! Caso-me na Igreja e de grinalda. Diga o que eu quero ouvir e estaremos eterna e irreversivelmente ligados um ao outro. Sinto uma paixão avassaladora se aproximando, basta dar o *start*. Ou já foi dado o *start*? Ou estou no início de um evento esquizo-histérico-pós-traumático? Ou num puta barato de comprimidos, visitando o "Vale das Bolinhas", que aqui traduziram literalmente para "O Vale das Bonecas", porque eles não tinham a menor ideia que *doll* era um apelido para bolinha, ou seja, comprimido calmantes, excitantes, ansiolíticos e outras delícias da vida moderna. Leia o livro e veja o filme se não sabe do que estou falando. Diga, meu príncipe, meu proprietário, meu amo. Desesperadamente lhe peço que diga!

Com uma expressão de euforia contida, ela perguntou olhando para as unhas:

— O que é, então?

Ele a viu na TV, voltou para ela, mirou o chão, voltou para ela e respondeu:

— Na televisão a senhora tá sendo uma pessoa escrota e isso aparece na cara dela. A senhora é mais bonita que essa dona aí chamada Alice.

Esse é o homem da minha vida! *Best raptor* do planeta! É um misto de virilidade e delicadeza. A mão que afoga é a mesma que afaga! Um filósofo com vocabulário limitado mas com uma sensibilidade única. Tá me deixando louquinha. Será que não vai querer nada nada nadinha comigo? Estamos num sonho, meu querido! A gente podia fazer coisas inimagináveis sem culpa nenhuma! Sem censura pra operar cortes. Sem pressão nenhuma da sociedade, do sistema — pura curtição dos tempos líquidos!

Ela segurou o mais que pode o sorriso de orelha a orelha que sua boca tentou formar. Apertou os lábios, lembrou que precisava de oxigênio para continuar viva e inspirou. Olhou para a TV, apenas como desculpa para não olhar para ele, porque de onde estava não havia ângulo para ela ver coisa alguma.

— Putz, a senhora nem tá vendo nada.

— Não. Mas isso é ótimo! Só de ouvir essa voz eu já estou quase passando mal, imagine se pudesse... olha, não precisa virar a TV pra mim, se eu quisesse ver eu ia mais pra lá, eu não preciso ainda por cima ver a cara e o corpo dessa criatura, já estou me sentindo constrangida, complexada, envergonhada, muito obrigada.

— A senhora tá mesmo assim, toda suada e bem corada, por que a mão no coração? Vai ter um enfarte cardíaco no coração? Não faz isso, dona, eu não posso tirar a senhora daqui.

— Não, não é isso. Calma. Sossega. Espera só um pouquinho.

Ai, eu acalmando o sujeito, no final das contas! Que patético: eu, aqui, sequestrada — dentro de um sonho — conversando com um bandido. Devia estar tremendo de medo, devia estar apavorada e o que me sucede? Crise de ninfomania. Aí tô relaxada, numa boa, acalmando o carinha como se fôssemos velhos amigos. Só falta abrirmos uma cerveja e brindarmos aos velhos tempos ou melhor, ao pessoal lá do nosso bairro! Ou eu estou tão apavorada que travei tudo, os sentimentos, as emoções, o próprio medo? E essa calma é só um mecanismo de sobrevivência da presa? Freud falou nisso? Freud numa hora destas,

Laura! Dá uma atualizada! Será que a minha mente torpe e devassa providenciou esse tesão todo como um dispositivo pra enfrentar situações que podem vir a acontecer tipo, sei lá, tipo uma tentativa dele de querer me seduzir, de querer me beijar, de querer algo mais? Ou dele nem querer nada? Isso seria pior! Isso seria uma tragédia! Eu teria um enfarte cardíaco bem no coração, conforme ele mesmo previu!

— Eu estou bem, meu caro.

— Melhor. Então a senhora pode dar um tempo pra eu ver esse lance que tá bem interessante, olha, acabou o comercial, deu a chamada pra continuação e essa mulher Alice vai ter que se explicar pra mocinha aí.

Mocinha? Essa foi pior do que uma faca rasgando o ventre da vítima! A Estela é a "mocinha" e eu sou o quê? A velhinha? É isso! Ele vai receber dinheiro pra apagar a velhinha! Pois saiba que ela tem só oito anos a menos que eu, já pariu três vezes — e o último foi cesárea e ficou aquela cicatriz horrível — "mocinha"?... E a Janaína, personagem que a Estela interpreta, também só tem no máximo 12, 16 anos a menos que a Alice... A Janaína é mesmo a mocinha. Mas a Alice é a vilã, a vilã é que é importante! Sem vilã, sem trama, meu amigo, Aristóteles já dizia isso! Sem trama, sem novela! De 10 vilãs, 9 roubam a novela da mocinha, que são sempre umas sonsas... É a força da estatística, sinto muito, está provado! Mas escuta isso! Não pode ser! É! Tenho que admitir uma coisa, por mais que doa: a voz dela, a voz dela é muito melhor que a minha, um veludo, uma Nat King Cole da teledramaturgia brasileira... Eu odeio a Estela! A voz dela é muito mais bonita do que a minha! E eu estudei anos pra ter uma voz boa! Gastei horas com aqueles professores chatíssimos, fazendo aqueles exercícios ridículos de escala subindo e descendo com Ô, Ô, Ô, Ô, Ô! A Estela NUNCA fez aulas. Nunca se esforçou um dedinho na vida! Nasceu com essa voz maviosa e pura. Que injustiça! A vida te apronta destas! Bem que a Bette Davis falou pra Lilian Gish naquele filme: *Life fools you. It always does!* Algo assim. No "Golfinhos de setembro". Ou era "Baleias de agosto"? Era, claro. Eu chorei horrores quando vi esse filme. Vi lá em Nova York. A vida te faz de trouxa! Presenteia a outros e não a você! Eu odeio a Estela! Não, eu não, tadinha da Estela, ela é minha melhor amiga, quer dizer, FOI, agora é inimiga, mas eu nem considero isso grave. Inveja, eu? Raiva? Nunca vou ter raiva dela. Quem sente essas coisas — inveja, raiva, ódio — é a Alice, na novela, a Alice detesta a Janaína. Na vida real não há a menor rusga entre nós. Isso é cristalino. Tudo superado. Novela não tem nada a ver com vida real. Isso é o básico do básico. Esse cara idiota tá me confundindo. QUASE me confundiu.

— Claro, desculpe. Eu só não quero ver. E preferia não ouvir. Eu vou dar uma... uma espairecida, um giro por aí. Estava pensando em dar um pequeno passeio, *une petite promenade* no Boulevard Saint-Michel, mas decidi, afinal, que vou ao *toilet* e já volto, tá bem? Dá licença.

— Tá, sim, senhora. Fica à vontade. Se a senhora quiser eu conto o que perdeu. Se a senhora for rápida no banheiro nem perde muito.

Tapando os ouvidos, ela se dirigiu ao lavatório, fazendo questão de ficar de costas para a TV. Quando estava perto da porta passou a tapar as narinas, e entrou.

Ele fica parado mais uma vez, pensando.

Putz, que doidera. Se ela tava lá falando as frases que estão falando na televisão, ela deve saber adiantado o que vai acontecer na história! Se eu pressionar um pouco ela me conta! Posso deixar ela sem água e só dou se ela desembuchar a próxima cena. Sacanage. Ah, que se dane. Pena que não posso contar pra mãe nem pra Jussara que que vai acontecer com a mocinha. Elas não iam acreditar ne mim. Só se eu falar que fiquei sabendo num sonho! Não. Elas ia ficar pensando que eu sou vidente. Ia querer saber por que eu ainda não descobri os número da mega sena acumulada.

Ele se ajeitou na poltrona carcomida, mas nem por isso pouco acolhedora. Olhou em direção ao banheiro. Puxou a poltrona para mais perto, quase encostada, quase obstruindo totalmente a tela da tevê. E aumentou o volume, como se fosse um dos meninos perdidos mergulhando de entre as nuvens na direção da Terra do Nunca.

chicotinho queimado

GANGA BRUTA
Capítulo 93

CENA 1 - INT/DIA - FAZENDA FERRABRAZ / SALA DO CASARÃO
Janaína agita uma carta perto do rosto de Alice, que se mantém impassível.

JANAÍNA
É chegada a hora! Não escaparás de um confronto, Alice Montserrat!

ALICE
Por que desejaria eu escapar, seja do que for, Janaína da Silva Xavier? Porém, dou-te um conselho: sê breve em teu discurso e vai-te daqui antes que minha têmpera insubmissa me faça perder a cabeça.

JANAÍNA
Uma víbora venenosa não tem cabeça para perder.

ALICE

As serpentes têm cabeça, só alguém com uma oca como a tua pode não saber disso. Mas deixa tuas aulinhas errôneas para teus pobres pupilos pobres, Janaína. Poupa-me deste estorvo. Fale ou retire-se.

JANAÍNA

Recebi a resposta de minhas inquirições ao Duque de Serra Azul. A máscara da hipocrisia está prestes a cair de teu rosto.

ALICE

Ora, é notório em toda a comarca o fato de ser o duque um falastrão contumaz, autor de absurdas caraminholas.

JANAÍNA

E, no entanto, quando pressionado, é capaz de testemunhar fatos passados inacreditáveis, porém, verdadeiros. Esta carta foi assinada na presença de um Procurador da Corte Imperial, sob pena de desterro e castigos piores se o teor for calunioso.

ALICE

Pouco se me dá, Janaína. Tendes dois minutos para blasfemar contra mim e escafeder-te daqui para nunca mais pores os pés em minhas terras sob pena de serdes tratada com a devida severidade que dispenso às cabeças de gado.

JANAÍNA

Serei breve. Nenhum interesse tenho em permanecer em tua ignóbil presença. Sempre desconfiei que teu passado te condenasse, e hoje tenho a prova de estar certa, por escrito. Tu não és Alice. Nunca foste!

Alice gargalha.

ALICE

Ficaste demasiado ao sol. Vê-se que deliras!

JANAÍNA

Alice era uma de tuas irmãs. Tu és Emengarda, que supostamente faleceu após ter batido a cabeça em uma pedra pontiaguda ao ser levada, inconsciente rio abaixo pela correnteza. Mas foi a verdadeira Alice quem morreu após ter tido a cabeça golpeada pelas costas por uma pessoa dissimulada e traidora! Tu!

ALICE

Calúnia! Tu é que és víbora venenosa!

JANAÍNA

Tu a mataste! E o mais cruel e incrível é que derramaste sangue de teu próprio sangue apenas por detestar teu nome!

ALICE

Cala-te, boçal! Que despautério!

JANAÍNA

Ceifaste uma vida inocente de nossa
convivência com o único intuito de passar
a ter o nome que desejavas desde pequena!

ALICE

Cala-te demônia, sua detractora vil!
E vai-te daqui antes que eu perca as
estribeiras!

JANAÍNA

Eu, demônia? Que fantástico receber
tal alcunha de uma satã de saias!
E é inútil negares! Tu jamais foi Alice.

Mudança brusca de tom. Alice para de fingir que o que ouve é mentira. Encara Janaína com agressividade.

ALICE

Não era. E, no entanto, hoje sou. Desde
que corrigi o erro ignóbil de meu estúpido
progenitor.

JANAÍNA

Confessas! Confirmaste!

Alice fica parada e subitamente avança sobre Janaína, a esbofeteia, pega a carta, corta em pedaços, enfia na boca, mastiga e engole, enquanto Janaína assiste, paralisada e incrédula.

CENAS COM OUTROS PERSONAGENS

CENA 4 - INT/DIA - FAZENDA FERRABRAZ / SALA DO CASARÃO

Alice acaba de engolir o papel da carta. Janaína assiste incrédula.

ALICE

Pouco importa que tenha ou não confessado e confirmado meus crimes a ti, já que não passais de um cadáver ambulante por ter-te intrometido em assuntos fora de tua alçada.

Janaína dá um passo para trás, trêmula.

JANAÍNA

O que queres dizer com cadáver ambulante?

Alice sorri e tira o braço que tem atrás de si, exibindo um chicote de três metros. Ela faz uma demonstração de que pretende fazer com Janaína, chicoteando um vaso, fazendo-o voar, e com outra chicotada, fazendo-o cair e se espatifar no chão. Janaína encara firmemente Alice, mas está paralisada de pavor.

CENAS COM OUTROS PERSONAGENS

BREAK

Ai esse banheiro nojento! Mas, quer saber, parecia mais nojento ainda na primeira vez que eu tive que entrar nele. Fato é que a gente acaba se acostumando a tudo! *"Acostuma-te à lama que te espera!"*, quem falou isso? Acho que foi o Augusto dos Anjos, foi, daquele poema, que tinha naquele espetáculo de colagem de textos - não se faz mais isso hoje em dia, por que será? Provavelmente porque ninguém mais quer assistir — eu inventei esse projeto pra mim mesma na noite em que assisti pela terceira vez "Liberdade, Liberdade", do Millôr — Esse era do Millôr? Acho que era. A gente sentia orgulho por estar ouvindo cada frase, dava aquele sentimento gostoso de estar participando da revolução, a gente se sentia quase um guerrilheiro do exército popular que ia derrubar a ditadura militar, e voltávamos pra casa leve por termos feito a nossa parte. *"O pior mal é aquele ao qual nos acostumamos."* Essa é do Sartre, mais uma daquelas frasezinhas da minha colagem — minha sim, porque eu encomendei, quem selecionou e "colou" foi aquele escritor e jornalista — que ficou na minha cabeça. O que ficou na minha cabeça foi a frase, quer dizer, o escritor e jornalista ficou também na minha cabeça um bom tempo, porque a gente namorou feito animais no cio por alguns meses. É, o Jean-Paul deve ter conhecido esse banheirinho asqueroso e, na segunda visita, achando-o suportável, veio-lhe a frase existencial. Ai, que inferno, daqui ainda dá pra ouvir aquela TV. Essa cena foi bárbara! *Cala-te demônia, sua detractora vil! E vai-te daqui antes que eu perca as estribeiras!* Essas cenas longas são raríssimas hoje em dia. Agora é a "estética do fragmento". Tudo picado. As falas são curtíssimas. E isso ajuda as carinhas bonitas emergentes porque dá pra fingir que sabem atuar. Dá pra fingir mais ou menos. Bota uma bonitinha dessas num teatro pra ver o que é que sobra! E o público já nem presta mais atenção em diálogos longos. Todos querem tudo rápido. São "tempos líquidos", "globalização", "lógica do capitalismo tardio", "hipermodernidade". O interesse se dispersa depois da oitava fala. E há o perigo dos milhões de dedinhos no controle remoto mudando de canal, com mil outras opções, num zap. Isso está enfraquecendo a teledramaturgia. Não foi à toa que o Imperador da TV segurou o quanto pode a venda de controles remotos no Brasil! Já existiam controles desde a década de 1950 no mundo civilizado. Ai, esse texto eu passei com a Estela. Ela estava super-fria comigo. Uma coisa tenho que admitir: a Estela tem classe. Ninguém pode adivinhar, pelo semblante inalterável da Estela, que nós temos nossas diferencinhas. Super-profissional sempre. Essa cena foi um arraso. Nós duas cara a cara mandando ver — literalmente. E eu estava com medo. Sei lá, texto longo, só nós duas, se a gente precisasse muitas *cues*, seria um desconforto geral, eles perdem um pouco do respeito que têm se a gente para muitos vezes a cena com *cue*, que é a coisa mais prática, porque não é preciso voltar a cena inteira, é só começar na frase anterior com outra câmera, eles adoram quando a gente faz mais de uma página de diálogo direto e, querendo ou não, eles são nossos primeiros espectadores, quando você consegue fazer um deles se emocionar ou rir, você é *top*! Mas foi um show de interpretação — de ambas as partes. E eu tinha que ser agressiva com a Estela, quer dizer, com a Janaína, dar aquele tapa no rosto dela! Se a gente não faz com força fica falso, o telespectador percebe. Bom, capítulos atrás ela também me deu um tapaço bem dado. Foi realista à beça. Será que ela estava descontando a raiva? Não! Estela é profissional ao extremo. Não iria misturar as coisas. E, ademais, raiva por quê? Já deve ter digerido o problema. Problema não, situação. Bom, com aquele chicote nas mãos daria pra fazer vários estragos. Sem querer, claro. Acidentes acontecem. LAURA! Que vergonha! Bom, não fui eu que escrevi aquele texto com chicote. Eu, teria colocado um bacamarte, uma azagaia, uma garrucha! Chicote é meio circense. Bem, o autor é meu amigo... mas é amigo da Estela também! Juro que não tive nada a ver com isso. O Fran seria bem capaz de... Ele é um dos únicos que ainda escreve tudo sozinho. Ele é da linhagem da Janete Clair. Esse sabonete é nojento! Eu não vou tocar nisso. Mole e... tem um pentelho!? Não, tô vendo coisas. Tá só rachado. Vendo ou não vendo coisas, não toco nesse troço. "Ganga Bruta" bem podia ser o nome desse lugar aqui, não só o nome da novela. A Janete Clair não tinha esse nome. É pseudônimo. Sorte a minha que nasci com nome artístico verídico. Não precisei mudar nada. Tá bem, tem o Eulália, mas eu não precisei mudar nada, só cortei. Laura Eulália ficaria muito grande. Ah, hoje em dia ninguém mais liga pra essa coisa de nome. Se fosse Laura Emengarda eu nem ligaria! Antigamente era tudo muito diferente. Fiz uma dezena das novelas dela. A Janete era sucesso garantido! Teve aquela em que eu era irmã da Estela. E na outra nós éramos amigas, teve uma cena na piscina de um clube. E a cena na cadeira de rodas? A Estela sempre foi linda. Ah, mais ou menos linda. Mas eu tenho muito mais presença e sempre fiz mais sucesso. Melhores papéis, essas coisas. E aquela viagem pra Barcelona, no lançamento do meu filme. A gente se encontrou lá. Ela estava com o maridinho gostoso e a filharada. Eu estava com o meu ex. Jantamos juntos. Um inferno aqueles três bebês chatíssimos gritando o tempo todo. Bom, não gritaram o tempo todo mas eram um porre, de todo modo. Já eram chatos naquela época, agora estão piores! Só o maridinho dela que continua uma delicinha. Só não é mais dela... *So sorry, babe...*

VOLTA DO BREAK

CENA 8 - INT/DIA - FAZENDA FERRABRAZ / SALA DO CASARÃO

Alice, com o chicote em punho, coloca-se na frente da porta que dá para a varanda, ou seja, para a saída.

ALICE

É minha vez de dizer-te: não escaparás deste confronto, Janaína da Silva Xavier!

JANAÍNA

Aconselho-te e medir as consequências de teus atos, Emengarda Montserrat! Será muito fácil requisitar uma cópia da carta que acabaste de... mastigar e engolir!

ALICE

Não só será difícil, como impossível, pois estarás morta em bem pouco tempo!

Alice desfere chicotada, Janaína desvia a tempo de não ser atingida, agarra a ponta do chicote, enrola em seu braço e puxa.

ALICE

Maldita! Ainda pretendia dar-te só uma sova, mas agora assinaste teu atestado de óbito!

Arrancando o chicote das mãos de Alice, Janaína o joga pela janela, e é imediatamente agarrada pelos cabelos e sacudida.

Como Alice está com os cabelos presos, Janaína a agarra pelas orelhas e consegue bater a cabeça de sua inimiga na parede, várias vezes.

Alice fica tonta, solta os cabelos da rival e cai, semi desmaiada, mas se recupera, agarra os tornozelos de Janaína e puxa para o lado, fazendo-a cair, e logo se levanta.

ALICE

Maldita! Mil vezes amaldiçoada!

JANAÍNA

Estás provando que és uma assassina!

ALICE

Farei calar-te de uma vez por todas!

Alice pega um grande vaso de porcelana de cima da mesa e atira em Janaína, que se inclina para o lado, desviando do projétil.

Janaína pega outro objeto e atira na direção de Alice, que o acerta com um lampião apagado; o choque faz com que Alice solte o lampião, que se espatifa no chão.

JANAÍNA

Irás nos matar a ambas!

ALICE

Não! Irei matar-te quantas vezes for possível para tirar-te de meu caminho!

As duas jogam mais objetos na direção uma da outra, até que Alice consegue chegar perto de Janaína, a agarra e a joga contra uma cristaleira, que se estilhaça.

JANAÍNA

Meu Deus! És verdadeiramente insana!

ALICE

Maldicão! Maldição! Maldição!

Alice e Janaína protegem-se com as mãos sobre a cabeça e na frente do rosto.

Efeito: filete de sangue sai de um lado da boca de Janaína, e de uma narina do lado oposto. O mesmo acontece num dos braços e no colo de Alice.

Em poucos instantes retomam a luta livre. Uma morde a outra, e é arranhada.

ALICE

A pantera afiada fugiu do controle e escapou para fora desta boneca de porcelana rachada que é teu miserável corpo?

JANAÍNA

Apenas tento me defender de teus traiçoeiros golpes!

ALICE

Tente se esquivar destes! E mais estes!

Alice desfere murros e bofetadas. Janaína pega um caco de vidro da cristaleira. Mas Alice é mais rápida e além de pegar um caco maior e pontiagudo, consegue encostá-lo na jugular da inimiga.

JANAÍNA

Não faça isso, Alice!

ALICE

Ah! Reaprendeu meu nome?

JANAÍNA

Pense nas consequências!

ALICE

Deixarei para pensar mais tarde...
daqui a um ano, ou dois, ou... nunca!

JANAÍNA

Peço-te por tudo que lhe é sagrado!

ALICE

Nada é-me sagrado!

Alice dá gargalhada e força a ponta do caco no pescoço de Janaína, fazendo brotar mais um filete de sangue.

ALICE

Dê-me uma razão para tanto, uma só!

JANAÍNA

Tuas mãos já não estão sujas o suficiente de sangue?

ALICE

Já fui tão longe neste caminho para a glória, que não fará diferença banhar minhas mãos em mais alguns litros de sangue ralo e ruim!

JANAÍNA

Podes me matar, mas não matarás a verdade! Ela viverá para sempre e se espalhará como fogo no milharal!

ALICE

Teu discurso poético medíocre não me impressiona. Cansei desta contenda! Reze rapidamente, porque em poucos instantes estarás caindo abismo abaixo rumo ao inferno!

BREAK

Ele ficou em pé, fez aquele gesto comum nos estádios de futebol quando acontece um gol espetacular, e aplaudiu feito uma criança. Olhou na direção do banheiro, ainda aplaudindo. Continuou olhando para a TV, onde agora acontecia uma cena em outro cenário, com outros personagens. Laura saiu do banheiro e o viu exultante.

— Ôrra, essa dona Alice Mon...sei lá! Ela é fodona, meu! A senhora é foda hein? Quer dizer, na novela, encheu de porrada a mocinha, se atracaram que nem gente grande! E aquele socão na fuça da outra. A senhora tem técnica, meu! Vocês treinam antes essas cena? É de verdade? Dói? Eu já passava o caco na goela da baixinha sem falatório. Acabava com a complicação toda.

— Nós nos divertimos muito fazendo essa cena! Você não pode imaginar como é bom poder quebrar coisas assim, sem pensar no preço, no prejuízo, na boa educação! Desopila o fígado.

Ele deu um passo para trás, de boca aberta.

— Ela acertou seu fígado? Tinha médico pra salvar?

— Não! Esquece. Quis dizer que é relaxante quebrar umas coisinhas sem culpa, de vez em quando.

— Eu já quebrei uns bagulho por aí.

— Assim, jogando objetos na direção de outras pessoas?

— Atirando na direção de três pessoas. E acertando!

— Essa catarse eu não tive.

— Essa o quê, dona?

— Essa... realização profissional. Poder acertar alguém pra valer... espera aí, o que é que eu estou falando? Foi brincadeira! Na gravação é tudo faz-de-conta. Na vida real eu e aquela atriz que faz o papel da Janaína sempre nos demos bem, sabe. Já fizemos várias novelas juntas. Ela é um amor.

Sem perceber, ele passou a mão sobre a virilha e aproveitou para ajeitar o saco na cueca. Ela percebeu e ficou olhando com visão periférica.

— Maior gostosa, isso sim.

— Que vulgar! Tenha modos, por favor. E saiba que ela é mãe de três adolescentes lindos! Uma mãe amorosa, excelente, super dedicada!

— É mãe mas não é a minha! Só falei que é gostosa! Pergunta pra metade do país se ela é ou não é!

— Metade do país acha isso?

— Se dá metade, bem certinho, não sei, mas todo mundo que tem televisão acha.

Mon Dieu, não imaginava que a Estela fosse assim, tão popular, tão desejável! Mas ela é mãe! De um bando! E já é quase uma senhora! Bom, não é tão velha assim. Que será que veem nela? Nanica, cabelinho escorrido, e dá aquelas entrevistas medíocres! Preocupada com a preservação da arara lilás, da mata subtropical silvestre, e aquela campanha de aleitamento materno? Ridícula! Por que não estimula o aleitamento paterno? Imagina, deve estar com os peitos caidésimos! Não é à toa que o marido chutou, deu-lhe um belíssimo de um chute, foi procurar amor, carinho, cumplicidade em outra freguesia e encontrou! Metade do país! Deve ser só um quarto e esse cara tá exagerando! E de mim ninguém gosta? Só sobra a outra metade? Ai, tô confusa e sou ruim em matemática.

— A senhora tá se sentindo bem? Tá com o olhar vidrado. Lembrou de alguma coisa ruim? Quer um pouco de água — é mineral.

— Tudo ótimo, meu caro! Estou encarcerada numa pocilga com um pulha mas tudo está *très bien, très magnifique*!

— Esse negócio aí de pulha não tem mas tem a aguinha mineral se a senhora quiser.

A Estela é uma ameaça! Com aquela carinha de anjo, de quem aceita tudo em silêncio deve estar planejando algo terrível contra mim! O que poderia ser? Óbvio! Quer me tomar o Fernando! Não tem marido e quer roubar justamente o meu! Que cínica! Coisa de gente baixa! Eu devia era ter passado aquele caco na jugular sem hesitação! Foi a sugestão desse moço. Acidente de trabalho, sinto muito! "Puxa, a mão tremeu e eu nem percebi!" Ah, estou delirando. O Fernando jamais me trocaria por uma mulher como aquela! Mas a Estela é persistente. E armou essa cilada pra mim, contratou esse bandido terrível pra me aprisionar aqui! Claro, agora tudo se explica! Por isso esse sequestrador miserável estava tão encantado com ela: é a chefe do bando, a mandatária do crime! E nesse exato momento ela está na cama com o MEU Fernando! Não. Ele já cansou de baixinhas. Já me contou. Na verdade ele descobriu como é bom estar na cama um mulherão. Mas a Estela não me engana. Me lembro perfeitamente de como ela ficou alterada ao final da gravação desta cena. Assim que ouviu o "Corta!" ela me empurrou e disse quase no meu ouvido que iria me processar por agressão. E saiu furiosa pro camarim! Desequilibrada! Isso é falta de sexo, isso sim! Mulher que fica na penúria passa a agir assim, feito uma louca! Pois processar vou eu, por ameaça à minha pessoa, à minha vida. Assim que eu sair daqui vou ligar pro Rodolfo, nada mal ser irmã do melhor advogado da cidade, do estado, e vamos botar tudo em pratos limpos. Isso dá muitos anos de cadeia! Quero ver se metade do país vai achar ela sexy com aquela roupa listrada e atrás das grades.

VOLTA DO BREAK

CENA 9 - INT/DIA - FAZENDA FERRABRAZ / SALA DO CASARÃO
Alice está para desferir o golpe fatal, mas Eudoro vem por trás dela, e aperta seu pulso com muito força, fazendo-a derrubar o pontiagudo caco de vidro.

EUDORO
Que loucura é essa, cara amiga?
Tornaste-te implacável e sanguinária?

ALICE
Largue-me, Eudoro!

EUDORO
Mais uma vez duvido se realmente te conheço,
e reconheço, Alice!

JANAÍNA
O nome dela não é...

ALICE
Feche essa cloaca horrenda que tens na face!

EUDORO
Penso desconhecer-te por completo, minha cara.

JANAÍNA
Notaste que tu és para ele uma "cara", não uma "querida"? Amada, então, nem...

ALICE
Cala-te... pare com tais vis blasfêmias e infâmias!

EUDORO
Tu é que deves parar de tentar desvencilhar-te de meus braços, Alice.

ALICE
Nunca, nem em sonho, imaginei que um dia desejaria isso!

JANAÍNA
Eudoro, o nome dela não é...

EUDORO
Não atice a fogueira, Janaína! Peço-te que te vás daqui o mais rapidamente possível, para que eu possa...

JANAÍNA
Para que conheças os fatos apenas do ponto de vista desta tarântula peluda e peçonhenta?

ALICE

Peluda, inseto desprezível? Quem se prejudica com esta pergunta és tu, já que não passaríeis de uma mosca morta!

JANAÍNA

Que mente torpe, meus Deus!

EUDORO

Acalma-te, Janaína! Em seguida a procurarei para que me relates teu lado desta contenda.

JANAÍNA

Farei o que queres, Eudoro, mas não tire conclusões antes de ouvir-me.

Janaína se levanta, ajeita a roupa. Alice se posiciona atrás de Eudoro, e sem que ele veja, faz sinal de cortar pescoço para Janaína.

JANAÍNA

Óh, céus! É melhor que me afaste mesmo dacui o quanto antes... senão...

EUDORO

Senão o quê pode ocorrer?

ALICE

Senão, a espantalha patética é bem capaz de cair no berreiro como uma bezerra desmamada. Há! Tanto barulho por nada!

EUDORO

Nada? Ser ameaçada com um imenso e pontiagudo caco de vidro, verdadeira adaga, é nada?

ALICE

Simples brincadeira. Agressiva, concordo, mas amigável. Janaína e eu brincamos desta maneira perigosa desde meninas.

Janaína dá um forte suspiro, vira-se e sai de cabeça erguida.

CENAS COM OUTROS PERSONAGENS

CENA 13 - INT/DIA - FAZENDA FERRABRAZ / SALA DO CASARÃO

Eudoro ainda confronta Alice.

ALICE

Vistes a que ponto de desvario aquela diaba me levou com suas provocações, calúnias e insultos?

EUDORO

Por que Janaína insiste em declarar que teu nome não é Alice?

ALICE

Mentecaptos não deviam andar soltos por entre nós, pessoas normais. Cada louco com sua mania, dizia meu

avô. Porém, nos casos extremos, é
preciso haver uma barreira entre eles
e nosso mundo, Eudoro.

EUDORO

Tu não me pareces muito normal tampouco...
Alice. Se é assim que realmente te chamas.

ALICE

E como poderia comportar-me de maneira
convencional se estou tomada de paixão por ti,
que me queima por dentro feito brasa
assoprada? Se o que desejo é desposar-te e
ser-te eterna companheira na saúde e na
doença, nos tempos de vacas magras,
assim como nos de vacas bem fornidas,
até que a morte nos separe?

BREAK

Ele se levantou novamente, mas desta vez não aplaudiu. Em pé, exclamou em tom grave e seríssimo:

— A senhora é foda! Poooorra! Botou pra quebrar! Caramba!

— Este deve ter sido, com certeza, o maior pico de audiência até agora dessa novela!

— Pico, é? De audiência, é?

— O público adora ver a vilã e a mocinha arrancando os cabelos uma da outra.

— Que é bom, é mesmo. A coisinha, a nanica é boa, mas a senhora é totalmente fodona! Que nem o que meu avô dizia: "*Matou a cobra e mostrou o pau!*"

Estará ele disfarçando que não conhece a Estela? Agora está me elogiando e diminuindo a infeliz. Mas tá uma lindeza aí no batente, verdadeiro Kowalski na versão do Marlon Brando, óbvio, musculoso esse braço hein, moço!? Dá pra gente experimentar ou é só pra ficar olhando. O senhor bem que podia fazer uma demonstração aí pra nós, demonstração da musculatura, tipo *test-drive*. Sabe como é, né? Estamos aqui mesmo, praticamente desocupados... Parece o Ralph Fiennes, o sorriso pelo menos, e a boca é do Denzel Washington, os lábios, e quando mexe assim pro lado, e os olhos são iguais, mais ou menos iguais aos do Al Pacino, e nessa parte aqui do rosto ele é idêntico ao Alan Rickman. E o corpo? Bem que podia seguir o ditado do avô, sábio homem, mata a cobra — a Janaína não acabou de me chamar de "víbora"? — então... mata a cobra e mostra o pau!

— Que que é mesmo aquela coisa de pico que a senhora falou?

— Nada. Bobagem. Um daqueles termos chatos que eles inventam. Esquece. O seu vô parece que era um sujeito esperto, inteligente, sensato! Ele não dizia mais nada? Nenhuma outra máxima?

— Ele era sim bem espertão. Valeu, obrigado aí por falar que o velho era o máximo.

VOLTA DO BREAK

CENAS COM OUTROS PERSONAGENS

CENA 17 - EXT/DIA - FAZENDA FERRABRAZ / JARDIM E POMAR
Eudoro sai do casarão, seguido por Alice.

ALICE
Eudoro, não te vás! Tens o semblante carregado como o céu em noite de tempestade!

EUDORO
Não é sem motivo. Muitas dúvidas e suspeitas rondam minha consciência.

ALICE
Peço que fiques comigo, Eudoro amado. Posso provar que sou doce e dócil; só cheguei a píncaros de violência porque fui incessantemente provocada por aquela...

EUDORO
Pare, peço-te! Deixe que me afaste.

ALICE
Não te exasperes comigo, suplico-te!

EUDORO
Deixe que me vá, Alice. Preciso espairecer. Temo não saber, neste momento,

o que pensar a respeito desse e dos outros episódios de extrema violência entre tu e Janaína. Dá-me licença...

Ele se afasta.

ALICE

Maldita Janaína! Mil vezes maldita! Mas não temais, meu amado. Aquela insolente, tal qual fera selvagem irá se enredar em uma arapuca da qual só sairá com o corpo gelado e o coração paralisado! Eu ficarei não só com essa casa e essa fazenda. Conquistarei decerto também teu coração e a herança de teu avô, o maldito Coronel Douglas Ferrabraz, que tanto mal fez a minha família!

Alice gargalha e chora ao mesmo tempo.

FIM DO CAPÍTULO

Chamada para a próxima atração, seguido do primeiro de vários comerciais. Laura aparecerá anunciando um perfume.

Ele suspira, ri, olha na direção do banheiro, da TV, do banheiro, fica em pé.

— A senhora...

— ...sou foda. Eu ouvi super bem já nas outras vezes. Não que eu não fique feliz em ver alguém aplicando um adjetivo tão enaltecedor, edificante, tão prenhe de significados à minha pessoa, mas eu mesma quase nunca me acho tão impressionante.

— Puxa, eu escutei no rádio uma coisa falando isso aí...

— Sobre mim?

— É, mais ou menos. Que essa coisa de não se achar foda chama "complésexo de inferior-idade". A senhora nunca contou isso pro seu P-C-quiatra? Como é que chama mesmo?

— Psiquiatra? Tá louco?

— Desculpe, madame! Pensei que todo artista fazia aquela coisa de tratamento de análise psico... sei lá como é que chama. É bacana pra caralho. Desculpe, não pensei em médico de maluco. Mas a senhora nunca pensou de ir?

Ai meu São Crispiniano de Vallois! Mais um otário me mandando pro divã! Não bastava o Fernando insistindo noite e dia com essa coisa. Que clichê! E eu louca pra ir... pra cama! Divã! Me poupem! Esse garotão é um panaca. E eu com esse sentimento dúbio me corroendo, me atormentando incessantemente. Esse... como diria? Tesão, Laura, diria tesão. Por que é que as coisas na minha vida sempre vão por caminhos obscuros? Vida real: o raptor rapta a atriz linda e gostosa e, digamos, fica a fim dela, tenta, pelo menos tenta, dar uma trepadinha com ela. Vida da Laura: o raptor rapta a Laura linda e gostosa e fica falando abobrinha, só não fica fazendo palavras-cruzadas porque não deve nem saber escrever. Que tortura! Que suplício!

— Eita, a senhora não precisa amarrar o burro, ficar com essa cara aí. Olha, olha, olha, a senhora de novo na telinha! E é bom mesmo esse perfume aí? Olha só que coisa mais impressionante! Quase que nem dou conta. Isso dá um nó na minha cabeça, sabia?

— Isso o quê, criatura?

— A senhora tá aqui. Falando e mostrando o perfume. E estava lá matando a outra. Mas como, se de verdade tá na minha frente, que não tô sonhando?

— Mágica.

— Não, fala sério, dona.

— Estou falando seríssimo, meu caro. Já assistiu ao filme "Bagdad Café"? Aquele da turista alemã, a Jasmin Munchgstettner, interpretada pela divina Marianne Sägebrecht, se não me engano esse filme ganhou o *Guldbagge Awards*!

— Há? Não senhora.

— Ai, vou te explicar. A novela não acontece ao vivo, sabe o que é isso? Ao vivo não é pra quem está vivo, quer dizer no mesmo momento. Tipo nós, atores e atrizes, não estamos filmando em tempo real. É uma gravação e depois eles reproduzem. Você consegue entender?

— Para, dona, eu assisto futebol, qual é? Melhores lances, reprise de jogo e tudo.

— Claro, desculpe. Não precisava ser tão didática.

— Meu pai ia no estádio assistir os jogo com o rádio colado na orelha, os locutor deixa a partida mais emocionante, saca?

— É, né?

— Mas como eles fazem na novela? Eu vi que a senhora estava bem aqui, bem aí, na minha frente e estava lá. Tenho certeza que era a senhora porque assisti tudinho. E a senhora foi no banheiro, mas eu sabia que tava lá dentro.

— É igual a um gravador. A gente faz as cenas e é tudo gravado, aí outras pessoas grudam os pedaços e colocam as músicas, algumas cenas são enfeitadas com cores no céu, etc.

— Ôrra, que trabalheira dos inferno!

— É, é bem complexo e cansativo. É trabalho duro, meu bem! Você achou que a gente ficava lá, se divertindo? Experimenta decorar vinte páginas de texto todo dia. Trinta, quarenta!

— Mas então, se demorou tudo antes pra dizer, a senhora já sabe o que vai acontecer?

— Eu sabia. Estava demorando.

— Ah, conta aí, vai.

— O que você quer saber?

— A senhora vai ficar com a fazenda, a casa, o coração do Eudoro e a herança do maldito Coronel Douglas Ferrabraz?

— Você sabe que eu não sou filha dele?

— Não, né?

— Não, eu fui adotada, e não vou herdar nada se ele morrer antes de eu me casar com o Eudoro.

— Essa parte é complicada pra caramba, dona.

— Você acha que eu não sei? E você acha que o autor está preocupado com isso?

— A senhora não pode mudar uns fato da história? Tipo dar uma de joão-sem-braço e falar umas fala que vem da sua própria cabeça? Eles ficam seguindo com um papel tudo que a senhora tem que dizer? Ôrra!

— Claro que não posso alterar a história! Tem uma equipe toda por trás de cada detalhe!

— Mas a senhora já sabe se vai ou não vai ficar com a herança!

Ora, ora, ora, Laura, o que vislumbramos aqui? Uma bela chance de manipular esse pamonha, esse belo exemplar de raptor-que-parecia-garanhão-mas-é-um-debilóide! Ele está louco pra saber o que vai acontecer na novela! Ele e os milhões de espectadores pelo país afora!

— Ah, meu querido, não sei. Nem o autor sabe, vai inventar quando for chegando a hora dessa trama se resolver, de terminar a novela. Mas talvez, agora que estou presa aqui, a novela tenha que ser cancelada. Ninguém mais vai saber do final da história. Vão ter que ficar passando aqueles filminhos repetidos até fazerem outra novela... e isso pode demorar meses e meses. Talvez... se você me soltar, pode até ser. Senão eles vão ter que dar uma simplificada, vão inventar que eu morri na história — que a Alice morreu, daqui a três ou quatro capítulos, e vão ter que encerrar a coisa, deixam a desgraçada da Estela com tudo — quero dizer, a desgraçada da Janaína!

— Quem é a Estela?

Ele está se fazendo de bobo. Pior é que foi convincente. Dá pra ator, o garotão forte. Vou fingir que não sei que a Estela é a mandante do crime, a chefe da quadrilha, a crápula, a facínora perversa por trás disso tudo.

— Ah, é o nome da atriz que faz a Janaína. Aquela nanica, como você mesmo observou. Ela vai ficar com a herança, o Eudoro e a casa! Maldita Janaína! Mil vezes maldita!

— Calma.

— Maldita Estela! Milhões de vezes malditíssima!

— Vai dar tempo sim.

— Eu preciso voltar a gravar daqui a dois dias, no máximo, senão não vai dar tempo! Você quer que eu case com o Eudoro e seja feliz para sempre?

— Quero.

— Então meça a consequência dos teus atos! Você vai deixar milhões e milhões de pessoas, pessoas do povo, povo sofrido, povo marcado, pense bem, sem saber o verdadeiro final da novela. Milhões de pessoas sem dormir, só imaginando como poderia terminar a história. Isso pode até levar muitos ao suicídio!

— A senhora acha?

— Tenho certeza! O destino do país está em suas mãos! A felicidade dos telespectadores. O futuro da teledramaturgia nacional! Pense nas mães chorando, nas velhinhas sem final da história, nos velhinhos aposentados e sem dentes, nas crianças em idade escolar, nos adolescentes angustiados, nos adultos trabalhadores! Então me solta. Deixa eu ir pra casa. Deixa eu voltar pra TV.

— Não dá.

— Já!

— Eu não posso.

— Deixa eu falar com o seu chefe? Argumentar, fazer um arrazoado. Ele vai entender...

— Quem disse que eu tenho um chefe, dona?

— Uma chefa? A poderosa chefona? O que você acha que eu sou? Uma criança? Um bicho? Um objeto?

— Como é que é, ô?

— Você não pode estar nessa operação sozinho.

— Calma aí, dona atriz famosa. Sossega, fica na sua que vai dar tudo certo.

— Eu insisto...

— Não, a senhora pópará de insistir senão a coisa vai ficar feia aqui, tá entendendo, dona madame? Eu não usei corda, trapo e aqueles trecos de plástico porque a senhora tava se comportando feito uma cidadã esperta, mas ainda tá em tempo, FALOU?

Laura engoliu uma enxurrada de xingamentos, protestos e insultos e se afastou, deixando bem claro o quanto estava ofendida e magoada com a maneira que tinha sido tratada.

Incrível, eu tô passada com tudo isso que está acontecendo. Tanta coisa ao mesmo tempo e nada, absolutamente nada, ao mesmo tempo. Já estou a um dia sem trabalhar, sem gravar, sem decorar nem uma linha, sem ninguém dizendo "Corta!", "Gravando", "De novo!", é inacreditável! Ou já estou aqui faz dias, não sei mais, sei lá quanto tempo esse gorila me deixou desacordada, sedada, entorpecida! E agora que eu vi na tela a cena do chicote fiquei meio assustada. Se eu fosse a Estela eu me processava mesmo! Que será que deu em mim? A crítica deve ter achado uma beleza a cena, hiper-realista. Exagerou, hein, Dona Laura Bloomitz? Ai, nunca poderia imaginar que eu e a Estela fôssemos viver uma situação destas! Eu e a Estelinha, que eu sempre adorei. Até uma pontinha de inveja já tive, cá entre nós. Embora ela não dance tão bem como eu, nem cante, nem interprete, nem dê entrevistas tão bem como eu (ridícula aquela em que ela fala do tipo de iogurte que ela prefere!), nem tenha recebido tantos prêmios, nem tenha estrelado tantos filmes, novelas, peças de teatro maravilhosas, nem tenha ganho tanto dinheiro como eu, nem receba tanto carinho e reconhecimento dos fãs, sabe que lá em Tabinandiba do Oeste tem um fã-clube meu com centenas de membros? Em Jacarezinho também tem um. Eles fretam ônibus e vêm da cidade deles pra me ver no teatro aqui! Aproveitam e no mesmo final de semana participam da gravação daquele programa de auditório, não me pergunte o nome, faço questão de não saber, mas eu sei que o que eles adorariam mesmo é assistir a uma gravação de novela, se fizessem um parque temático paralelo aos estúdios iam ganhar rios de dinheiro. O que eu estava pensando?... O que, não. Quem!

A Estela tem alguma coisa que eu não tenho — percebi isso naquela cena do chicote. Uma coisa na voz. Pombas, mas eu fiz anos aaanooos de técnica vocal com os melhores mestres! Ai, quanta bobagem. Minha voz se projeta mil vezes mais do que a dela num teatro. Imagina se ela tem alguma coisa a mais que eu não tenha! Eu, por exemplo, tenho marido. É de segunda mão, mas está seminovo, com tudo em cima. Ora, isso é uma maquinação inútil da minha psique. Bobagem. Besteirinha. A Estela é uma pigmeia, nem tem presença. E aquela filharada? Três! Gente, quem bota três bocas no mundo hoje em dia? Quando um novo milênio se abre para um futuro tecnológico, bruto, desconhecido? Isso tá fora de moda, inclusive. Mas é uma coincidência terrível isso de sermos inimigas na vida real e na novela! Será que o autor está fazendo de propósito? Ele sabe bem dos nossos podres. Podres, não! Grande coisa que a Estela foi chutada pelo marido. Eu não tive nada com a coisa e isso acontece o tempo todo, queridinha. Com mulher que não se cuida, acontece. Lei da vida. Mas esse antagonismo todo, cena com chicote, com *telecatch*, com MMA, isso sim! claro que o autor da novela está sabendo, e o diretor geral também, óbvio, e o diretor do núcleo. Estão mancomunados. E nós duas — a inspiração pra trama toda — estamos ajudando a emissora a ganhar oceanos de dinheiro com a audiência lá em cima!

Como é que a minha vida deu essa guinada em um dia? Uma noite, sei lá! Um troglodita me sequestra, me traz pra um muquifo nojento, eu com um tesão desgraçado, incontrolável, como nunca senti antes, e o cara nada, nada, nadinha... Pombas, com a faca, o queijo e a messalina na mão e... nada! Aí me vejo na tevezinha contracenando com a Estela! E agora estou aqui, eu, a grande dama do teatro, Laura Bloomitz em carne e osso, carnes fartas e rijas, tudo em cima, deitada num catre pensando em quem? Nas peças que posso produzir e estrelar na próxima temporada? Nas joias que comprarei quando chegar a próxima coleção? Nos objetos de arte, nas viagens, no luxo todo que posso proporcionar a mim e ao meu amado Fernando quando acabar a novela? NÃO. Pensando na Estela. Sentindo remorso!

— Ô, Dona Laura, a senhora tá viva ainda? Viva tá, que tá respirando, isso eu conferi. Tá doente? Não fala nada. Tá tão quietinha. Tá se fazendo de morta pra ver se me engambela e eu levo a senhora daqui? Nessa eu não caio! E não precisa ficar de cara porque eu falei grosso com a senhora porque tem horas que a senhora parece que acha que eu sou um dos seus empregado. E aí? Beleza? Tá viva ou num tá?

— Lógico que estou viva, sim... Aliás, como é seu nome que já me esqueci?

— Esse truque é velho! A senhora não esqueceu, não. Eu que nunca disse. Num precisa saber. Pode me chamar de moço. Quer iogurte? É do que a senhora gosta.

— Como é que você sabe isso? Quem te contou?

— A senhora mesma.

— Nunca, nunca falei de iogurte com você!

— Falou numa revista. Eu copiei tudo que tinha que a senhora gosta e faz todo dia de rotina sua.

— Sério? Estou surpresa! Beeem surpresa. Ah, quer saber? Vou tomar um banho! Afinal, quero desfrutar de todas as benesses que este local, verdadeiro *spa* e essa situação me proporcionam.

Jesusamado, essa dona tá lá dentro faz 45 minutos com o chuveiro ligado. Vai estourar a conta! Vai torrar a resistência! Tá pensando que está na casa dela? Na mansão deve ter banheiro com esguichos e aquelas espuma. Tomara que a porra comece a dar aqueles choquinhos que ela termina logo a porra toda. E ainda fica mais calma! Tá foda ficar aqui esperando e imaginando ela ensaboando aquele corpão sarado, aquelas pernas perfeitas, aqueles peitões, ai eu dentro, no meio, no fundo daquilo! Aquelas curvas todas, aquele pescocinho, aquela bundinha. Porra, já deve ter gasto uns três sabonete, vou ter que comprar mais. E era do caro! E se eu for no disjuntor e baixar o troço. Aí ela pensa que caiu a luz, a água fica gelada, ela sai, eu conserto a porra e ela ainda fica achando que eu entendo de eletricidade.

Uma hora e vinte e quatro minutos depois, ela sai enrolada numa toalha e com outra enrolada na cabeça. Os dois olhavam para o aparelho sem enxergar nada. Na TV passava um desenho animado. Conversavam calmamente, apesar de toda a tensão controlada:

— Tava bom o banho? Não deu choque a torneira?

— Estava horrível! Cai uns pingos miseráveis daquele lixo de chuveiro, e não tenho meus produtos básicos aqui! Meu gel antisséptico de baunilha selvática, meu óleo multifuncional, a loção hidratante iluminadora, o sal esfoliante de verbena mística, os cremes antissinais, meu *cleansing* efervescente, meu energizante de lichia *delifresh*! Sem falar nos produtos pro cabelo! *Shampoo*, espuma modeladora, realçador de brilho, redensificante, meu fluido finalizador! Da próxima vez que sequestrar uma estrela da minha estirpe, meu amiguinho, quer dizer, meu carrasquinho, vê se providencia uma banheira com uns sais de banho, pelo menos!

— Achei que aquele sabonete já era completo.

— Ah, você não gosta de mim. Já percebi isso.

— Gosto, sim senhora. Nossa, eu adoro a senhora! Acho a senhora super fo...

— Já sei... Mas você não quer que eu seja feliz para sempre.

— Não, eu quero sim.

— Você quer que eu morra na novela?

— Não.

— Você gosta da Janaína e me odeia, é isso?

— Não, eu gosto das duas, igual, não, eu gosto mais da senhora, mesmo que a senhora seja muito má e quase furou o pescoço da outra.

— Você me odeia e nem se importará se eu morrer do coração.

— Vou sim senhora.

— Então me diga. Veja que eu estou aqui sossegadinha, tranquilex, desestressada... e eu estou pedindo por favor, por favor, por favor. Eu já te pedi alguma coisa?

— Pediu. A senhora pediu uma faca.

— Eu não pedi, lembra? Eu exigi. Mas você não deu, deu?

— Dei não senhora.

— E eu tive que cortar a carne com os dedos! Aquilo foi anti-higiênico, repugnante, nauseabundo.

— Era bife de patinho! Carne de primeira! Uma grana, dona!

— Não sei por que você fica me chamando de dona, se eu estou aqui sem ser dona de nada, nem do meu próprio nariz, já que tudo, inclusive o meu nariz, está nas suas mãos...

— Madame é melhor?

— Madame é sensacional. Esplêndido. Então faça esse único favor pra mim, já que você não fez absolutamente nada que eu pedi até agora.

— Depende do que a madame vai pedir, né?

— Quero algo bem simples.

— O que que é?

— Eu quero ir embora daqui.

— Putz, eu achei que a dona madame tava falando sério.

— É SÉRIO.

— Mas parece piada. E daquelas bem sem graça. Dá um tempo aqui que eu vou dar um tempo ali, tá ligada?

império da desolação

Estou perdendo a noção do tempo aqui nesse porão fétido! Já se passaram quantos dias? Eu acho que dois, três, sei lá, e não me surpreenderia se alguém dissesse que já faz um mês e meio, setenta e seis dias, que já passou uma estação inteira, que já terminou o solstício de inverno, a temporada de caça, que as andorinhas já voltaram pra África, que faz cinco anos que estou encarcerada aqui! Noite ou dia é tudo a mesma coisa! Esse debiloide na frente desta TV, colado no aparelho, nem respira. Como é que tem gente que se deixa alienar de tal maneira? A vida passa e eles nem vivem! E eu tenho que ficar aqui deitada o tempo todo que é o único jeito de não ver essa programação ridícula que ele insiste em seguir. Pelo menos daqui eu não vejo nada do que se passa na tela. Mas ouço! Que remédio! E quando chega um noticiário ele, que não é bobo nem nada, muda de canal pra eu não poder seguir as notícias sobre meu sequestro. Idiota pra umas coisas, esperto pra outras. Agora vai começar mais um capítulo da "Ganga Bruta". Nome ridículo pra uma novela que quem é que, nesse país de alienados e carnavalescos, vai saber o que é "ganga"? Se fosse Gaga, Guiga, Guegué Bruta dava na mesma. Olha que lindo: "Manga Bruta", e teria o duplo sentido de "manga"! Quer saber, eu por mim, não queria nem ouvir essa chatice de capítulo. Hoje vai passar aquela cena com o Eudoro e o Zuzinho. Aquela gravação foi hilária. Era uma externa. A cena se passava na fazenda. Antes da gravação o Élcio Lemer, que faz o Eudoro, pensou ter visto uma cobra no mato. Fez um escândalo, deu um pulo e uns gritinhos muito afrescalhados que denunciavam a bichice enrustida dele. O Tadeu Olympio, que faz o Zuzinho, que devia achar que o Élcio é o maior machão do pedaço — pelo menos é o que ele quer passar pras fãs — matou a charada na hora e, se esborrachando de rir, disse: "Cuidado, isso pica!" E o Élcio, saindo num *grand jeté* do armário, gritou: "Pica? Onde? Onde?"

No fundo eu tenho pena do Élcio porque ele tem que se pagar de machão o tempo todo e não pode se assumir; a emissora pressiona demais, até um escândalo com uma suposta namorada eles montaram — como milhares de atores prisioneiros da opinião pública. Gary Cooper, o James Dean, o Anthony Perkins, adoro o "Psicose", o Errol Flynn, eu achava o máximo o Robin Hood, o Randolph Scott, quem mais? O Cary Grant. Ai, cobra não me assusta e eu bem que queria encontrar alguma criatura verdadeiramente selvagem ali no mato. Pra me tirar da letargia. Quem dera estivéssemos gravando a "Tanga Bruta" e eu encontrasse o meu antigo amor platônico, o Tarzan, que eu adorava, era fissurada por ele quando menina. Aquele corpo! Aquela tanguinha sexy — quantas promessas de êxtase devia esconder ali! Ai, eu surrupiava as revistas do Rodolfo só pra ficar olhando aquele cara musculoso.

Eu pensava cada coisa com o Tarzan! Ele era louco por mim também, naturalmente. Na minha cabeça era! Quase abandonou a Jane e os três filhos — claro que ela teve um bando de filho pra prender o coitadinho. Por isso ele se enfiava na selva por dias — pra ficar livre da jabiraca. O Rodolfo tinha uma coleção enorme de gibis do Tarzan. Claro, né Laura! O Rodolfo também era doido por aquele homem deliciosamente excitante! Um *vamp*!

GANGA BRUTA
Capítulo 113

CENA 3 - EXT/DIA - FAZENDA FERRABRAZ

Eudoro anda pela fazenda, seguido por Alice, que vai sorrateira, sem ser notada. Eudoro chega ao local onde Zuzinho, um jovem empregado, está cortando lenha.

EUDORO

Zuzinho!

ZUZINHO

Sim senhô, ioiô.

EUDORO

Sabes para onde Janaína se dirigiu?

ZUZINHO

Num sei não sinhô pronde minha sinhazinha dirigiu, mais ela foi pro milhará.

EUDORO

Vá chamá-la. Diga-lhe que peço que ela se dirija... que ela vá imediatamente para o casarão.

ZUZINHO

Sim senhô, ioiô. Eu chamo a sinhazinha e vô pro milhará, i de atamente.

EUDORO

Imediatamente. Agora mesmo. Já. Mas deves ir antes ao milharal para então chamá-la.

ZUZINHO

I de atamente. Gorinha mêmo. Já.

EUDORO

Recapitulemos! Aonde vais, Zuzinho?

ZUZINHO

No milhará pra então chamá minha sinhazinha.

EUDORO

E dizer-lhe o quê?

ZUZINHO

Quié préla i pro casarão.

EUDORO
Aleluia! E agora vá.

ZUZINHO
Sim sinhô, ioiô.

Eudoro se vai. Zuzinho vai na direção contrária.

CENAS COM OUTROS PERSONAGENS

Já sei o que me lembra essa situação. Ai, é o mesmo nada, a mesma angústia, o mesmo vazio — “Noite Vazia” é um filme incrível, eu assisti dezessete vezes porque quando um filme saía de cartaz no cinema, não dava pra ver de novo — e é por causa disso aqui que eu me lembrei da Norma Benguell e a Odete Lara maravilhosas, lindas, deitadas naquela cama, olhando pro teto, uma pra outra, pro nada.

Essa situação absurda de agora me lembra o tempo que eu fiquei sem contrato, fizeram jogo duro comigo, não queriam me dar aumento e eu blefei e me dei mal, eles me deixaram sem contrato, na geladeira mesmo, e naquela época não tinha opção, os concorrentes não gravavam novela, nem seriado, nem minissérie, tinham “coisas” de ficção, mas quem queria fazer parte daquilo?

Passei meses sentada na poltrona ao lado do telefone da sala. Montei acampamento naquela poltrona e passei... quantos dias, eu sei, eu sabia, eu contei feito o conde de Monte

Cristo, o Robinson Crusoé, aqueles presos na Sibéria — lembrei do Dr. Jivago, ai que homem aquele, o Omar eu comia sem pestanejar — em Alcatraz, sei lá quem mais: foram cento e vinte e três dias olhando para o telefone esperando ele tocar, o que eu não fiz por nenhum namorado, nem pelo Fer, eu fiz por causa daqueles filhosdaputa. Mas no centésimo vigésimo quarto dia, o viadinho tocou — o aparelho era cor-de-rosa, a gente chamava ele de Bambi — e me deram o aumento.

CENA 6 - EXT/DIA - FAZENDA FERRABRAZ

Zuzinho vai na direção do milharal, seguido por Alice. Alice entra apressadamente em um atalho. Logo depois surge na frente de Zuzinho e o intercepta.

ZUZINHO

Afemaria!

ALICE

Perdão! Assustei-te? Não é preciso temer-me, Zuzinhozinho...

ZUZINHO

Sinsióra, sinhá Lice.

ALICE

Meu nome é A-lice.

ZUZINHO

Sinsióra, sinhá A-lice.

ALICE

Aonde vais com tamanha pressa?

ZUZINHO

Fazê o que meu ioiô mandô.

ALICE

Esplêndido. E o que foi que o seu ioiô mandou-te fazer?

ZUZINHO

I até o milhará i chamá minha sinhazinha préla i pru casarão.

ALICE

Houve uma mudança de plano. Seu ioiô Eudoro mandou-me dizer-te que não é mais para fazeres isso.

ZUZINHO

Fique sabendo que o Zuzinho num acredita na sinhá A-lice, purque ela é má, maldosa e maligna!

ALICE

De onde tirastes tal disparate?

ZUZINHO

Du que esses óio viram e essas oreia oviru.

ALICE

Tenho certeza de que mudarás de ideia após ouvir o que tenho a dizer-te sobre um monstrinho amigo meu!

Zuzinho olha apavorado para Alice, que gargalha.

BREAK

Laura colocou-se na frente da TV e perguntou:

— Podemos conversar sobre um assunto ab-so-lu-ta-men-te ur-gen-te? Então, eu preciso...

Ele a interrompeu, sorrindo:

— A gente podemos conversar sobre qualquer coisa, mas agora não senhora.

— Por que não?

— Porque eu tô vendo a novela, tá ligada?

— Tô ligadíssima! É por isso mesmo...

Ele se irritou e fez um gesto um pouco ríspido para que ela saísse da frente da TV:

— Eu já falei que agora não. Depois que acabar o capítulo, tá?

Ela ia continuar insistindo, mas ficou com medo ao ver seu querido raptor começar a se transformar no incrível Hulk, aquele bem grande e verde, e desistiu:

— Me liguei. Depois que acabar o capítulo. Eu... acho que vou dar uma olhadinha. Mas só vou ver o início desse bloco porque, que eu me lembre, eu só apareço depois e...

— Chiu! Dá o fora! Saí daí da frente, pô!

VOLTA DO BREAK

CENAS COM OUTROS PERSONAGENS

Um verdadeiro desaforo que esses coadjuvantezinhos de meia pataca tenham cenas tão longas! Ah, mas eu sei bem o que está acontecendo na novela: eles estão enchendo uma linguiça deslavada porque, a essa altura, não sabem mais como espichar a história já que a personagem principal, EU, sumi, desapareci, evaporei. Será que estão pensando que eu morri? Que eu me matei? Me afoguei num rio e fui arrastada pela correnteza, comida pelos peixes, tubarões horríveis, claro, ah, era num rio! Então pelas piranhas? Piranhas vorazes e o corpo não apareceu ainda e nunca mais vai aparecer! Ou será que a polícia já está prestes a desvendar esse sequestro hediondo — da atriz mais importante e amada do país — mas todos estão mantendo sigilo sobre o caso, pra não assustar os fãs? A qualquer minuto um pelotão do 3º Exército de Fuzileiros Montados pode entrar por aquela porta e me salvar dessa situação absurda. Será que o Fernando vem com eles? Claro! Fernando deve estar transtornado sem mim. Ah, logo logo poderei me atirar nos braços do meu marido adorado. É questão de minutos, talvez. Só pode ser. Estão tentando ganhar tempo apenas. Faz sentido. Isso justifica que estejam usando umas cenas ridículas sem cortar nada. Olha que patético aquela cena da Estela andando pelo milharal.

Da Janaína. A música-tema in-tei-ra! E dá-lhe milharal! Até *close* de espiga teve. A Estela deve estar adorando isso — agora só dá Janaína no pedaço. Olha, olha, olha, uma cena comigo, finalmente! Bom, eu nem quero ver. Vou ver só por força do hábito. Que horror! Como é que me deixaram aparecer assim, com umas gotinhas de suor na testa? Pareço um lutador de sumô no fim da luta. É que aquele diretor maldito gravou essa droga de cena umas mil vezes, por conta de um detalhe, nem me lembro, que ele nunca achava que tinha ficado bom. Tem cada diretor esquizofrênico! Mas a maquiagem está bem boa. Valeu a pena ter pedido pra Leninha caprichar no rímel. Se fosse pela veracidade histórica a Alice não ia ter rímel coisa nenhuma. Mas quem vai exigir veracidade histórica numa novela?

CENA 8 - EXT/DIA - FAZENDA FERRABRAZ

Alice ainda tenta convencer Zuzinho a não ir ao milharal para chamar Janaína.

ALICE

Se não fizeres o que te peço, serei obrigada a usar contra ti minha arma secreta.

ZUZINHO

Podi usá arma secreta ou conhecida, que o Zuzinho nunca que vai desubedecê meu ioiô.

ALICE

Vejo-me obrigada a acordar o saci que tenho escondido dentro de uma garrafa em meus aposentos.

ZUZINHO

Num existe saci nium não sióra.

ALICE

Decerto que eles existem e o meu é da espécie mais poderosa e demoníaca.

ZUZINHO

Mia nossaseóra!

ALICE

E eu vou fazer um trato com o meu saci.
Irei soltá-lo da minha garrafa e ele
pagará por sua liberdade indo voando até tu
e arrancando esses olhos esbugalhados
feito duas jabuticabas maduras!

ZUZINHO

Valei-me santo Adroaldo, são Cosme
e são Damião!

ALICE

E o meu saci vai dar seus olhos para
a Matinta Perê comer!

ZUZINHO

Afemariajisuis!

ALICE

E o meu saci vai passar os dentes de serra dele para arrancar fora essas orelhas de abano e enfiará em tua goela abaixo! Vais passar o resto da eternidade vendo tudo que entra no estômago da saci alada e sem poder dizer uma só palavra e escutando tuas entranhas funcionando!

ZUZINHO

Isso num é possível!

ALICE

Decerto que é! E tu vais ficar vivo mas com o corpo morto! E eu te colocarei como espantalho e ficarás lá ao relento para todo o sempre!

ZUZINHO

Num faiz isso não com o Zuzinho, sinhá!

ALICE

Pois não farei, Zuzinhozinhinho do meu coração!

ZUZINHO

A senhora jura?

ALICE

Juro! Pela alma de minhas irmãs mortas!

ZUZINHO

Intão ieu num vô pru minhará i digo pro meu ioiô que fui i num achei sinhazinha niúma e vortei!

ALICE

Viu como podes fazer a escolha certa se pensar um pouquinho nas consequências de teus atos?

ZUZINHO

Que o Todo Poderoso e a Vige Maria me perdoe por ajudá a fazê mal à minha sinhazinha.

ALICE

Faça isso. E agora vá, chispa, moleque feio dos infernos!

Que show de interpretação, hein Madame Laura Bloomitz!? Ora, ora, apenas fazendo valer meu sobrenome: a cena floresce... se abre em sentidos para que os telespectadores desfrutem, do modo mais natural possível. E que fotogênica eu fico com aquelas tomadas em primeiríssimo plano. Meu nariz nem é grande na tela! É super harmônico o conjunto. E eu que passei anos preocupada com isso! Olha, eu poderia até dizer que sou bonita, sem exagero. Agora, assistindo assim numa tevezinha fuleira, quer dizer, normal, popular, dessas de qualquer lar de qualquer trabalhador do povo - porque a gente faz tevê, afinal, pra estar perto do povo, dos fãs, é por eles que a gente dá o máximo — eu vi, pela primeira vez na minha vida de artista, como é que eu realmente chego nos lares das famílias brasileiras. Nas salas de estar, nas salas de visita, nos quartos das pessoas, estejam elas sozinhas ou no recôndito convívio com os seus. Só essa cena, cá entre nós, só essa cena já me garante o Troféu Imprensa deste ano. Podem colocar o Daniel, o Régis, o Walter, o Talma, o Wolf, qualquer diretor no júri ou até mesmo todos eles juntos pra me julgar. Uma coisa eu digo: se houver justiça nesse mundo, o Troféu é meu por merecimento! Olha, não é pra me gabar, mas minha atuação passaria fácil fácil até pelo Ziembinski! Ai, que Deus o tenha! Tá mortíssimo faz tempo. Espera aí! E eu? Eles estão achando que eu estou morta!

— EU vou ganhar um TROFÉU Imprensa PÓSTUMO!!

— Ah, saiu daquela sonhação de olho aberto, é? Dava até pra escutar o barulho do seu pensamento, que a senhora tava com os olho vidrado de tanto pensar longe. Agora dá mais um tempo aí, pô! Sossega e senta e assiste ou então vai pro seu canto, tá ligada?

— Tudo bem, já estou desligada. Bem desligada, aliás. Praticamente morta... Pronto. Não vou dizer mais uma só pala...

— CHIU!

CENAS COM OUTROS PERSONAGENS

Hoje é sábado! Se a Alice se encontrar com a Estela, não, a Janaína no milharal, é porque é sábado, é só no sábado que acontece alguma novidade pra valer numa novela! Não sei quantos dias estou aqui, mas sei que hoje é um sábado! Não estou totalmente no escuro. E ele não sabe que eu sei disso.

O que eu posso ou vou fazer com essa informação eu não tenho certeza. Não, eu não tenho a menor ideia.

Talvez nada.

Provavelmente nada.

Não. Nada mesmo.

Merde.

CENA 15 - EXT/DIA - FAZENDA FERRABRAZ / MILHARAL

Alice e Janaína se encontram no milharal.

ALICE

Oh! Estais aqui? Que surpresa!...

JANAÍNA

Acreditas realmente que não dá para perceber quando estás a mentir? O que queres? Diga logo e vai-te! Vai-te daqui!

ALICE

Não posso imaginar por que me tratas com tanta animosidade explícita e evidente belicosidade!

JANAÍNA

Quantas palavras cheias de letras jogadas ao léu! Vá! Deixa-me em paz!

ALICE

É claro que assim farei, minha cara. Esta é exatamente minha intenção: deixar-te na maior e mais completa paz deste mundo... ou do outro!...

JANAÍNA

Com isso queres dizer que serei tua próxima vítima?

ALICE

Vítima? Não, não, maldita. Tu és uma ré acusada que será executada!

JANAÍNA

E tu te consideras promotora, júri e juíza?

ALICE

Decerto que sim. E tu foste considerada culpada e condenada à pena capital.

JANAÍNA

E qual foi a acusação? Que crime, supostamente, cometi?

ALICE

Vários foram teus crimes. Primeiro, nascestes deliberadamente justo por aqui.

JANAÍNA

Tu és insana!

ALICE

Segundo, conseguiste ganhar a confiança de Dona Palmira. Terceiro, estás a tentar roubar o coração de Eudoro, que me pertence.

Janaína balança a cabeça, sorrindo, revira os olhos e pergunta de maneira irônica para Alice:

JANAÍNA

E como é que pretendes expulsar-me deste mundo?

ALICE

Assim!

Alice tira de um bolso da saia um porrete e avança na direção de Janaína.

JANAÍNA

Não faça isso, Alice!

Alice acerta a cabeça de Janaína, que cai desfalecida.

BREAK

— É agora!

— A senhora vai matar a Janaína?

— Dentro de poucos instantes.

— Mas aí ela vai ficar morta.

— É o que geralmente acontece quando alguém morre.

— Mas tem filme que parece que o cara morreu e depois ele aparece vivo, tá sabendo?

— Tudo bem, mas nesse caso, não. A Janaína vai morrer para sempre.

— Mas pode acontecer isso?

— Isso o quê?

— A mocinha pode morrer assim?

— De onde você tirou que a Estela é a ou uma mocinha? A mocinha é a Isabela, o mocinho é o Luiz Felipe, e a rival é a Cinira.

— Eu achei que a senhora era a principal da novela.

— E eu sou! Eu sou a vilã, que maltrata, faz intriga, prejudica, rouba e mata pessoas em geral. A Cinira é má, invejosa e traidora, mas perto da Alice ela é a fada dos dentes.

— Mas então a senhora vai atacar a Isabela!

— Vou, é claro, ela é a principal herdeira do coronel Ferrabraz.

— Falou.

— Eu vou... quer dizer, se eu sair daqui a tempo... Se você, num lance de bom-senso, que espero encontrar em sua digna figura, me libertar a tempo.

— Começou!

VOLTA DO BREAK

Alice arrasta Janaína pelos braços até o paiol.

ALICE

Que pena que está para acontecer um acidente fatal...

Alice puxa Janaína para dentro do paiol.

ALICE

Como és pesada, maldita!

Alice sai do paiol, cata um amontoado de palha de milho que ajeita, formando uma espécie de tocha. Risca um fósforo e coloca fogo na tocha, que usa para incendiar em volta do paiol. Ela vai incendiando em volta, mas antes de completar a volta, a porta do paiol se abre e Janaína sai com uma pedra na mão.

— O que é isso? Eles cortaram a cena gravada!

— Porra!

Com Alice de costas para a câmera, Janaína acerta a cabeça da rival com a pedra.

— Não! Ela vai me matar!

— Porra!

Janaína puxa Alice para dentro do paiol.

Laura fica em pé, ele também.

— Maldita! Maldita!

— Filha da puta! Mudaram a porra toda!

— Eles desistiram de me esperar!

— Filhos da puta! Tiraram a senhora de circulação! Isso não se faz! Porra! Caralho!

Janaína pega a tocha e completa o círculo de chamas em volta do paiol.

— Eles me mataram!

— Isso não se faz! Eles podem mudar o que ia acontecer?

— Eles podem fazer o que eles quiserem.

— Não devia de poder.

Janaína joga a tocha no chão, olha para o paiol tomado por labaredas e gargalha.

— Viu só o que você fez comigo?

— Eu? Foi a Janaína, pô!

Laura berra como um animal ferido.

— Calma aí, dona!...
— É o fim!

FIM DO CAPÍTULO

GANGA BRUTA
Capítulo 115

CENA 1 - EXT/DIA - CEMITÉRIO
Janaína e Eudoro, de braços dados, são os primeiros da fila do cortejo que segue a pé a carroça que leva o corpo de Alice ao seu túmulo.

Laura olhava para a TV e se contorcia. Ele saiu e voltou com mais dois comprimidos e um copo de água, que ela pegou e engoliu sem tirar os olhos do retângulo luminoso onde estava escrito em imagens que ela já era.

A melhor frase que eu disse pra Estela, de todas as milhares de frases que a gente trocou — mais diante de câmeras que na vida — foi: "Você pode...", não, essa eu disse praquele ator que fez duas novelas comigo e aquela minissérie: "Você pode fornicar...", não, eu disse para o Fernando, foi, como que eu pude lembrar errado?, foi pro Fernando: "Você pode prevaricar com a Estela até ela ficar assada, que eu estou pouco ligando!"

Ele foi até o televisor, mas antes de sua mão chegar ao botão *ON/OFF*, ela gritou:

— Não faça isso!

Ele respirou fundo, engolindo uma irritação violenta, se virou e voltou para sua poltrona sem olhar para ela.

— Quer dizer, desculpe, não faça isso por mim. Você é fã da novela, precisa assistir. E eu...

— Eu não preciso.

— Mas eu sim. Afinal, não é todo dia que se assiste ao próprio enterro.

— Não é a senhora que tá naquele caixão.

— Não?

— A senhora está aqui.

— E que diferença faz?

Ele suspira, sem ânimo para tentar animá-la.

— A Estela venceu.

— O quê?

— Ela ficou com o Eudoro.

(longo silêncio)

— Ah! Querida Julieta, por que ainda és tão formosa? Pensar devo que a morte insubstancial se apaixonasse de ti e que esse monstro magro e horrível para amante nas trevas te conserve? Com medo disso, ficarei contigo, sem nunca mais deixar os aposentos da tenebrosa noite; aqui desejo permanecer, com os vermes, teus serventes. Aqui, sim, aqui mesmo fixar quero meu eterno repouso, e desta carne lassa do mundo sacudir o jugo das estrelas funestas. Olhos, vede mais uma vez; é a última. Um abraço permiti-

-vos também, ó braços! Lábios, que sois a porta do hálito, com um beijo legítimo selai este contrato sempiterno com a morte exorbitante. Vem, condutor amargo! Vem, meu guia de gosto repugnante! Ó tu, piloto desesperado! lança de um só golpe contra a rocha escarpada teu barquinho tão cansado da viagem trabalhosa. Eis para meu amor. Ó boticário veraz e honesto! tua droga é rápida. Deste modo, com um beijo, deixo a vida.

Ele viu que ela enxugava lágrimas com os dedos sem parar. Sentiu muita pena dela.

A mulherzinha tá pancada de tudo. Como é que tem tudo essas palavra na cabeça?

Pela primeira vez na sua vida de raptor sentiu remorso pelo que havia feito. Tentou consolá-la:

— A senhora agora é a boa.

— Boa?

— A Janaína matou a senhora, então agora ela é que é a má e a senhora é a boa.

— Eu matei meu marido e minhas três irmãs, e uma delas só por causa de um nome.

— Ninguém viu a senhora matar ninguém. Eu num vi.

— Mas eu matei.

— Ah, a senhora é que nem um amigão meu, ele diz que já matou mais de meia dúzia de polícia, vive falando isso no bar, mas se os hóme nunca pegou ele, a gente desconfia que é só papo. Nunca ninguém viu nada, então não aconteceu, tá ligado?

— Eu sei que você está tentando me animar, agradeço o exemplo ilustrativo. Mas estou arrasada e... morta.

— Ah, vai ver a Janaína deu um remédio pra senhora e matou seu marido e as suas irmã e fez a senhora acreditar que foi você.

— Mas eu quis matar as três. E ela. E mais algumas pessoas.

— Mas querer não é fazer. Minha avó fala isso quase todo dia.

— Você está quase conseguindo me fazer parar de chorar.

— Pensa que a senhora é boa.

— Você me acha boa, é?

— Boazuda pra cacete putz, perdão, escapou, desculpe aí, dona.

— Está... perdo... a...

Ela não conseguiu mais dizer nada, porque teve um acesso de riso daqueles que vai crescendo e parece que não vai acabar nunca, enquanto gargalhava os olhos escorriam e o riso virou choro, soluços, urros, gemidos.

o que o não se fez

De madrugada, Laura e o raptor, assistiam a um filme romântico bem antigo em preto e branco brilhante que estava passando na TV:

87. EXT \ NOITE - OCEANO ATLÂNTICO

Lua cheia sobre o alto mar. A câmera sobe e abre o quadro, a Lua passa a ser vista no céu, além de seu reflexo pouco destorcido no mar tranquilo.

88. EXT \ NOITE - NAVIO TRANSATLÂNTICO / CONVÉS

O convés de um transatlântico com sombras causadas pelo luar.

Travelling da esquerda para a direita, até encontrar Rebeca e Wilfred deitados em espreguiçadeiras; os cabelos dela se mexem suavemente com a brisa causada pelo movimento do enorme navio.

Plano mais fechado: os dois estão cobertos até quase o pescoço com mantas.

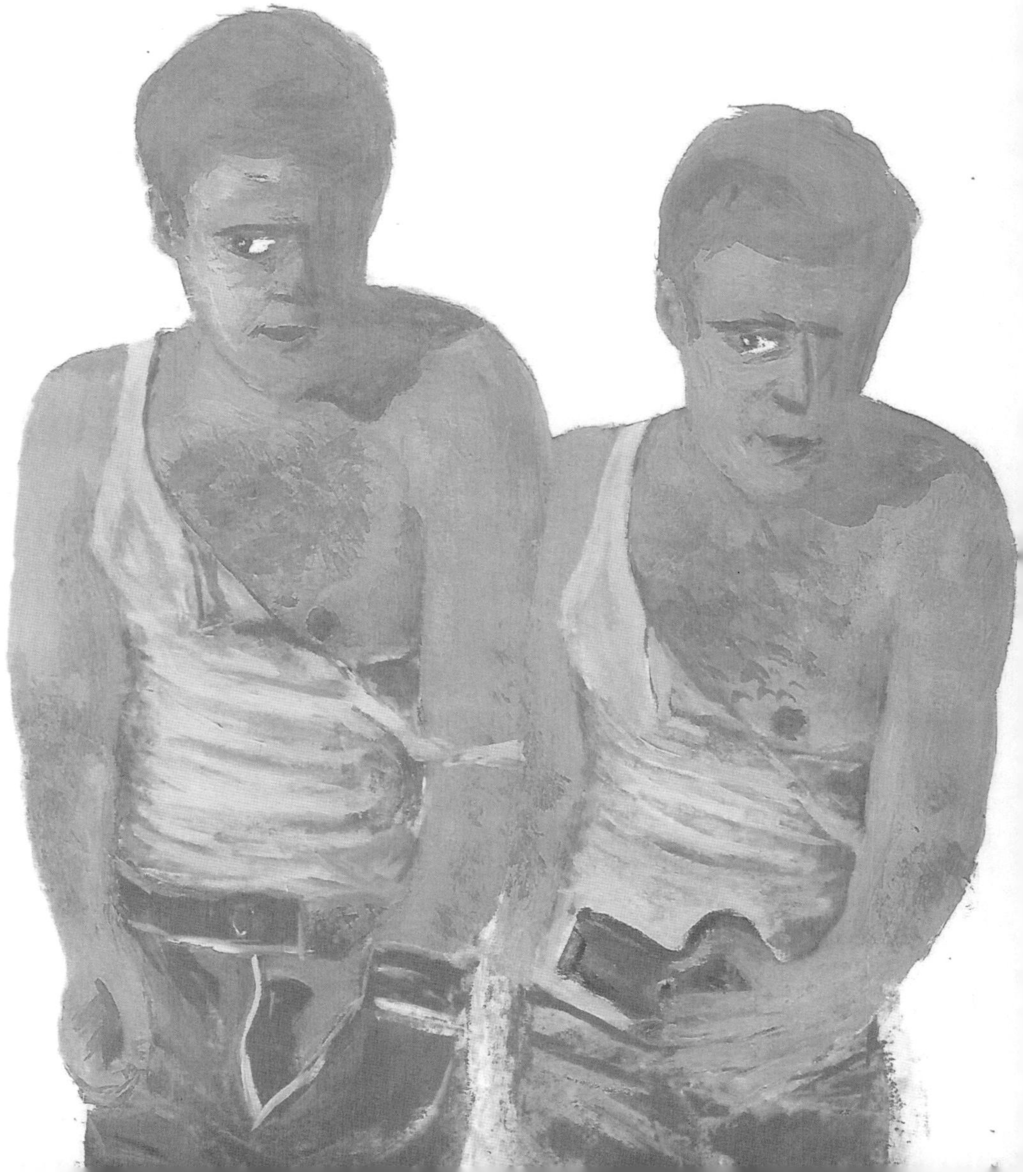

Ela se vira para ele com olhos pedintes.

Ele se senta, a manta escorrega até sua cintura, ele tira um maço de cigarros de um bolso interior de seu paletó, pega dois. Recoloca o maço no bolso com uma mão, enquanto pega, com a outra, um isqueiro num dos bolsos da calça, o que faz a manta passar a cobri-lo apenas dos joelhos aos pés.

Ela está com o olhar baixo. Olha para os dois cigarros, e para ele, dizendo sem dizer nada:

REBECA
(SEM SOM) Não é isso que eu quero.

Ele coloca os dois cigarros entre seus lábios, o que faz a boca dela se abrir involuntariamente, e seus olhos sorrirem. Ela se senta, fazendo a manta escorregar, descobrindo seu corpo da cintura para cima, e ele percebe pelo canto do olho que o decote dela é generoso.

Ele faz brotar a chama no isqueiro com a mão que o segura, e acende os dois cigarros, soltando muita fumaça por um canto da boca e pelas narinas.

Close up da boca dele, close up da boca dela, a língua pode ser vista entre os dentes.

Ele tira um dos cigarros da boca e o vira, aproximando da boca dela, que se entreabre. Ele quase encosta o cigarro nos lábios.

Ela inclina a cabeça para a frente e abocanha o cigarro, inalando imediatamente a primeira tragada. Quando ela solta a fumaça, densa pela contraluz, ele solta quase simultaneamente outra, e as duas manchas brancas se misturam.

89. EXT \ NOITE - OCEANO ATLÂNTICO

Vemos a popa do navio, e a imagem do rastro deixado pela quilha no mar se mistura à anterior, sobrepondo-se, antes de permanecer apenas a água revolta pelo movimento da hélice gigantesca.

90. EXT \ NOITE - NAVIO TRANSATLÂNTICO / CONVÉS

Rebeca e Wilfred se olham enquanto fumam.

REBECA

Às vezes me dá aflição esse impulso para a frente, incessante.

WILFRED

Você gostaria que a viagem transoceânica tivesse paradas, como a de um trem?

REBECA

Por que não? O navio poderia estacionar junto à ponta de um iceberg.

WILFRED

Assim você sentiria menos aflição, mesmo havendo a possibilidade de um choque, um desastre, uma tragédia? Mesmo com a nave talvez afundando e todos os passageiros se afogando?

Ela sorri e se inclina para trás na espreguiçadeira, com o cigarro apertado entre os lábios. Esse movimento faz a manta que a cobria da cintura para baixo escorregar de vez, indo ao chão e revelando suas pernas.

A câmera se aproxima de leve fazendo visível um rasgo na meia de seda que envolve a perna direita, que está exatamente sobre a outra.

Ele olha para o rasgo e seu sorriso se abre, quase vira riso. Ela ri e diz entrecortando a frase:

REBECA
Por falar... em... desastre...

WILFRED
É uma peça de vestuário bem frágil.

REBECA
Você não faz ideia.

Ela escorrega a mão pela coxa até a perna, e cobre o rasgo.

REBECA
Nós nos vemos vulneráveis subitamente. Imagine se isso pudesse ocorrer nas suas calças.

WILFRED
Dependendo do local da calça, o rasgo poderia revelar uma parte imprópria para o olhar feminino.

REBECA

Constrangedor. Mas divertido.
E excitante.

Deixando, sutilmente, de tapar a meia rasgada, ela joga a cabeça para trás, soltando fumaça pela boca junto com a risada.

Laura olhou na direção dele, não diretamente, e perguntou:

— Você não fuma.

Ele ficou em dúvida, e por via das dúvidas respondeu, o olhar percorrendo o galpão:

— Fumo. Perdão aí. Tá fedendo. Tá?

— Não! Me desculpe, eu sou uma ex-fumante sujeita a recaídas em situações extremas.

— A senhora tá dizendo aí que quer fumar, é?

— É...

Ele pegou o maço de Hollywood no bolso da calça, foi até ela, ofereceu.

Laura tirou um dos cigarros lentamente, com certa languidez, como se estivesse nas preliminares de um ato sexual, olhando para ele com um sorriso que a grande maioria das pessoas adultas classificaria como cafajeste, e disse:

— Acende pra mim?

Ele pegou o Bic e ia acender, mas mudou de ideia e entregou para ela, que aceitou, encostando sua mão na dele, desnecessariamente.

Ele sorriu, se virou, se desvirou e ofereceu o maço para ela, que perguntou, repetindo aquele sorriso:

— E você?

— Eu tenho mais.

— Bom saber. Essa minha situação extrema não está com cara de que vai terminar tão cedo.

Enquanto ele retornou ao seu lugar na frente da TV, ela deu a primeira inalada e tragada, e murmurou

— Tontinha.

— Que foi?

— Nada não. Faz tempo. Fiquei tonta.

— Ah.

Ele se virou para a TV, cruzando os braços e ficando alguns centímetros de costas para ela, que fez o mesmo, desapontada. Com o quê? Nem ela mesma sabia.

Laura olhou para ele, que soltou a fumaça da última tragada, baforando para cima.

Ela deu sua última tragada e expirou para o alto, mas em um ângulo diagonal, na direção de onde a nuvem causada por ele ainda pairava, repetindo a ação do filme, fazendo sua fumaça se misturar com a dele.

Ela sorriu para ele, intensificando aquele mesmo sorriso. O desapontamento também foi o mesmo, e intensificado, porque ele não percebeu o que tinha acontecido e permaneceu olhando, entretido, para a TV.

Wilfred dá a última inspirada, atira a guimba e acerta dentro de um cinzeiro redondo e largo como um címbalo

que está a dois metros de distância, espalhando fagulhas.

Rebeca dá também a última tragada, olha para o cinzeiro, soltando a baforada. Ri e estica o braço, oferecendo sua guimba. Ele pega, encostando desnecessariamente na mão dela, e atira ao cinzeiro. Acerta mais uma vez o arremesso, fazendo-a cair dentro, entre fagulhas.

REBECA

Dois a zero para você.

WILFRED

Você não tentou arremessar.

Ela se espreguiça enquanto fala:

REBECA

Eu prefiro que façam isso
por mim.

Ele se inclina na direção dela:

WILFRED

Estou inteiramente às suas
ordens.

Ela se levanta um pouco na direção dele, com uma mão ajeitando as mechas desajeitadas para trás:

REBECA

Eu me sentiria melhor se pudesse
dar ordens em um local mais
privado...

WILFRED

Não seja por isso.

REBECA

Apesar de imaginar que seria sensacional ter o corpo todo banhado pelo luar.

A câmera se aproxima enquanto eles também se aproximam um do outro, até que os dois rostos, de perfil, preenchem a tela.

WILFRED

Minha cabine tem um terraço...

REBECA

A minha também, mas no frigobar não há champanhe.

O perfil de ambos é recortado do céu coalhado de estrelas por um filete de luar, e os rostos se tornam silhuetas.

WILFRED

Vamos para a minha, então?

REBECA

Espero que fique próxima daqui.

WILFRED

Neste mesmo lado do convés.

REBECA

Conveniente. Você... indica o caminho ou prefere que eu o siga?

WILFRED

O melhor, provavelmente, será optar pelos dois, para não haver a possibilidade de você se perder no caminho.

REBECA

O perigo mais provável será eu me perder depois de chegar, e entrar.

91. EXT \ NOITE - OCEANO ATLÂNTICO

O navio é visto pela proa, e a câmera faz uma manobra para baixo enquanto se aproxima da quilha de aço que parece rasgar a superfície da água, formando esguichos espirrados de espuma.

ATO FALHO

Zhuang Zhou sonhou que era uma borboleta e não sabia, ao despertar, se era um homem que sonhara que era uma borboleta ou uma borboleta que sonhara que era um homem.

Jorge Luis Borges

quem me dera quimera

Não rolou nada, não rolará nada. Pedras que rolam não criam limo. Ou musgo? Ai, tanto faz que esse ditado idiota nem cabe aqui. Minha cabeça é um poço de citações, de colagens, de vozes, uma orquestra sinfônica inteira tocando partituras diferentes. Quem cita seus males espicha. Melhor uma citação na mão do que duas boiando. Citação mole em pedra dura tanto bate até que late. Citação que ladra não morde. O amor não vê com os olhos, vê com a mente, por isso é cego, é alado e tão potente. Sou apenas uma prisioneira, uma reles refém que não vale nada, um equívoco, um fósforo riscado, uma ex-megera indomável, e esse moço na minha frente é um desconhecido apenas, é meu algoz, meu carcereiro, meu provável assassino. Laura, acorda! Sai dessa fantasia insana. Você não é a Branca de Neve, nem a Bela Adormecida. Não tem príncipe nem bosque nem castelo nem mil venturas. Esse moço na sua frente, Laura Eulália, não é um candidato a seu amante. Seja mais esperta, por favor. Você precisa sair dessa o quanto antes. Você tem que considerar que a essa altura o Fernando deve estar enlouquecido. Eu tenho que ajudá-lo a me achar. Pensa logo, Laura; age duma vez!

— Posso te perguntar uma coisa?

— Pode. Só num garanto que vai ter resposta.

— Quando é que eu vou sair daqui? Eu já estou ficando louca. Daqui a pouco vou até te pedir pra me trazer um psiquiatra lacaniano.

— Quando eu tiver ordens.

— E quando é que...

— A senhora tá fazendo pergunta que a senhora sabe que num vou poder responder então era melhor a senhora num insisti, pô.

— Eu sei, mas é que eu já perdi meu emprego, e vou perder meu papel na peça que estava ensaiando, ainda dá tempo de eu voltar pro ensaio.

— Que peça que é, hein? (Vamo ver se dá pra mudar de assunto).

— É uma chamada "A Megera Domada", uma comédia muito antiga.

— De mil novecentos e quanto?

— Mil seiscentos e pouco.

— Caramba! Já existia teatro duzentos ano atrás?

— Bota duzentos nisso! Já ouviu falar de Dionísio?

— Não se lembro desse cara não.

— Sófocles, Ésquilo, Eurípedes, Aristófanes?

— Que língua que a senhora tá falando. Pra mim é grego.

— Esquece.

— Televisão não tinha não, né? Claro que não.

— Não. Mas teatro já. Então, aí eu tive a ideia de fazer essa peça que eu já tinha feito muitos... alguns anos atrás, mas dessa vez como um musical.

— Vixe! Vai me dizer que a senhora sabe cantar!

— Não só sei cantar como dançar. Além de representar, é claro.

— Que bacana. Puxa, que pena.

— Por que, "que pena"? Você acha que eu não vou sair daqui a tempo?

— Não, que pena que eu num vou poder assisti.

— Por que não?

— A senhora sabe.

— Não sei. É porque você me... trouxe à força, sem pedir licença e sem a menor cerimônia para este local?

— É, né, pô. Foi sequestrada, tá sabendo?

— Você pode ir numa boa, eu não conseguiria ver você do palco, eu sou meio míope, para não dizer bem míope, e não vejo a cara de ninguém na plateia.

— E a senhora acha que eu lá tenho grana pra pagar um ingresso pra ir num teatro?

— Acho. Porque garanto que pra comprar um ingresso pra um bom clássico entre o seu time e seu adversário, você tem a grana, você não quer comprar um mísero ingresso pra me ver brilhando no palco só porque não quer!

— Putz! É complicado conversar com a senhora, hein!

— Mas eu posso deixar um ingresso no seu nome na bilheteria, posso deixar até dois, se você quiser levar a sua garota.

— E a senhora lá sabe meu nome?

— Não, porque você nunca me disse, aliás, não sei por quê.

— Orra, a senhora às vezes parece que é sem noção.

— Você não precisa dar nome e sobrenome. Basta o nome, se você não tiver um nome bem comum, tipo Pedro, José, Paulo... e eu acho que não tem.

— Num tenho mesmo.

— Eu sabia. Fala.

— Tá. (Fala qualquer um, ela num vai saber que num é o de verdade, quer saber? Fala o seu mesmo, aí ela vai achar que é falso!). É Rórson.

— Como? Robson?

— Rórson, com acento... no primeiro ó.

— No primeiro o, essa parte eu entendi.

— E que parte a madame num entendeu?

— Você se chama Rór-son?

— É. Qual é o pobrema, pô?

— Bom... (Jesusamado, ele não deve mesmo saber que se chama Filhodaputa, claro que não, Laura, ele mal fala português, é óbvio que não sabe que *whore* é puta em inglês, e *son* é filho, tadinho, melhor deixar pra lá, Laura. Disfarça, fala qualquer coisa). É que se eu tivesse um filho, ia querer que ele chamasse Rórson. Eu já fiquei em dúvida entre Dickson e Devilson, mas Rórson é muito, muito melhor!

— Gostou, é?

— É sim, mas voltando à vaca fria, você não tem assim... nem uma leve noção... de quanto tempo eu ainda vou ter que ficar enfiada aqui feito um filhote de mofo?

— Olha só, num tem essa de vaca fria, nem vaca quente, nem que a vaca tussa, falou?

— Mas é que você não entende? Eu vou perder tudo! TUDO! A novela! A peça! Até o Fer...

— O seu Fernando tá sabendo.

— Está? Sabendo? E aí? Ai, meu Deus! Ai, que aflição, ai, parece que o meu corpo vai se enrolar pra dentro e eu vou virar uma bola de carne, uma almôndega, você quer que eu vire uma almôndega?

— Não fica pirada não, falou? Não tem necessidade. O Eudoro espera a senhora, quer dizer, a senhora já bateu as bota, mas pode aparecer de fantasma, não ia ser uma boa? Ia! A fazenda e a casa vão ser sua no final das contas. Isso, se acalma. Deita aí. Eu cubro com a colcha. Isso, dorme. Puxo a cortina pra ficar mais escuro. Bem boazinha e ninguém se machuca. (Essa foi por pouco, meu! Quase que falei merda. Quase que deixei escapar coisa importante! Ainda bem que ela desbaratinou. Ou ia tudo pro vinagre. Também, porra, essa mulher é meia maluca e deixa qualquer um doidão, pô).

— Se o Fernando já está sabendo, isso quer dizer que logo logo eu vou sair daqui, né?

— É sim, mas sossega, dona.

— O Fernando vai resolver tudo, é empresário, homem de negócios, se tem uma coisa que eu não posso dizer dele é que ele não é eficiente, ele tem eficiência de sobra... ai, que esquisitice que ainda tá me dando...

— Melhor a senhora ficar bem riléx, tá ligada?

— O que que falta o Fernando fazer, me fala.

— Nada não.

— Não pode ser, se fosse pra ser já tinha sido!

— Riléx, madame, ei, não faz assim não!

— Me larga, para de encostar em mim!

— Tá legal pô!

— Sai de perto mas me fala!

— O quê, pô?

— O que falta ele fazer!

— Nada não.

— Como não, seu Rórson? Ai, eu disse pra...

— Vamos dar uma acalmada, ô dona?

— Não vamos não! Fala!

— Num tem nada...

— Depois que você me disser eu fico tranquilinha, fala! Fala! Fala! FALA! FA-LA!

— O seu Fernando ainda não... (Caramba, falei merda de novo, putaqueopariu). Nada não, olha só, vai dá tudo certo, falou?

— O meu Fernando não o quê?

— Nada! (Caralhoputaqueopariu). A senhora vai sair dessa em dois palito. Quer uma água? É mineral.

— Não, Rórson! Eu quero que você me responda a seguinte pergunta: "O que foi que o Fernando ainda não fez?"

— Porra, sacanage, madame. Isso não dá. Não dá mesmo.

— Por que?

— A senhora vai gritar.

— Por que eu faria isso? Eu sei que é inútil.

— A senhora gosta de gritar.

— É verdade. Eu adoro gritar. Mas quando eu preciso, consigo me controlar. E eu prometo. Eu juro por Deus, juro pela minha alma, juro pela alma da minha mãe! Eu suplico. Eu me arrasto aos seus pés. Me responde. O meu Fernando...

— Promete.

— Prometo.

— VixemariamãedeDeus. (Fudeu tudo).

— Fala!

— Ele. É que ele... quero dizer, o seu Fernando, sabe... Não grita, tá bom?

— Não vou gritar.

— Ele... o Fernando da senhora. Bom, é que...

— Sim, o meu Fernando... meu marido adorado, a única pessoa em que posso confiar no mundo...

— ...o seu Fernando não concordou em pagar o resgate.

Ele não fez o quê? O que foi mesmo que esse desgraçado disse? Você ouviu muito bem, Laura, não se faça de louca, não tente fugir da situação. Mas eu não... Laura! Você sabe per-fei-ta-men-te o que ele disse: "...o seu Fernando não concordou em pagar o resgate". Eu sei que foi isso, eu sei que eu devo fazer alguma coisa, mas eu não tenho a menor ideia do que é que eu tenho que fazer! Não, sei! E por que eu estou parada? Congelada. Eu devia berrar, correr, bater a cabeça contra a parede, arrebentar a TV com uma marreta, ah, não tem marreta ali, claro, moer o vidro da garrafa de água mineral e tomar, ah, a garrafa é de plástico, pular da janela do banheiro, ah, não tem janela, avançar contra o raptor e unhá-lo até a morte, ah, ele é o dobro dela e tem o triplo de força.

Vixe caramba putaqueopariu, cara agora danou-se tô ferrado.

Aparentemente, Laura não se importou nem um pouco de ouvir aquilo. Não gritou. Não deu nem um suspiro. Sorriu. Ajeitou o cabelo, coçou a orelha. Sorriu de novo. Balançou a cabeça. Levantou-se, andou pelo porão, ainda sorrindo. Andou como uma menina, meio pulando, brincando, pulando de contente.

Caralho! Eu preferia que essa dona tava irada, puta da vida, rebentando os móvel, dando porrada nas parede, berrando feito animal, porra!

Ele sabia que era questão de tempo, questão de segundos, até que ela se descontrolasse totalmente e começasse a extravasar aqueles sentimentos que estavam fazendo ela se comportar como alguém que pirou uns cem por cento, por enquanto uma piração alto astral, até engraçada, mas quando caísse pra doideira, ia ser complicado pra cacete, cara, ia ser o bicho. O que aconteceu a seguir o deixou completamente surpreso pela segunda vez, poucos segundos depois da primeira:

— Eu acordo ligada, sem um pingo de sono, e muito brava. Sento na cama feito aqueles filmes em que a personagem tem um pesadelo e acorda e de repente ficam sentadas, e no mesmo impulso me viro e ataco o Fernando usando as duas mãos, com uma agressividade que eu nunca tinha sentido, e muito menos usado, uma violência animal que domina meu corpo e mente, e ao mesmo tempo, em algum lugar da minha mente, eu digo para mim mesma isso é errado, é absurdo, é irracional, é injusto. O Fernando acorda e pula da cama para o outro lado, olhando em volta, entre o sono e a vida, dizendo com a língua meio enrolada, bêbado de sono: "Incêndio! Liga pro seguro, depressa, se enrola num cobertor... Onde é que tem uma mangueira? Chamou os bombeiros?" O Fernando olha em volta, confirma que não há incêndio, nem uma brasa sequer, olha para o alto, pedindo ajuda divina, e diz: "O que foi desta vez?"; eu pergunto em tom de interrogatório de bad cop: "Quer dizer que você não quer pagar, não é?"; o Fernando diz com um começo de beicinho que ele devia ter a infância inteira e pergunta incrédulo: "Pagar? Pagar o quê?"; eu não penso antes de responder: "O resgate..." Eu estou com um “é claro” na ponta da língua, mas seguro, porque eu finalmente acordei e me dou conta do absurdo dessa situação, mas fico olhando pro Fernando sem saber o que dizer, sem vontade de me desculpar, sem vontade de tentar explicar, sem vontade, ponto final. Fernando se aproxima e eu me contraio porque está na cara que o Fernando quer me sacudir e estapear e esbofetear e me jogar contra a parede, que é o que eu faria se eu fosse o Fernando, mas o Fernando se controla e diz: “Você está lou-ca? Está sim, tá louca de pedra!” Eu suspiro e olho para o chão, vejo que a Rô deixou cair algum produto de limpeza errado no carpete de madeira, eu já disse mais de mil vezes pra ela olhar o rótulo da embalagem antes de ir usando. O Fernando me chama, fazendo bastante força para não berrar: “Laura.”; eu olho pro Fernando, e sorrio com o canto da boca: “Acho que sim. O que você acha, Fernando? Louca de pedra! Ou louca varrida.”

Caralho! A dona, a madame agora pirou de vez. Disparou de falar, mas dela mesma e do seu Fernando. Melhor eu pegar a seringa.

O Fernando responde com certo desespero escondido na voz: “O que eu acho é que eu nunca mais vou poder dormir sossegado.”; o Fernando não está chateado, o Fernando sente que está fudido e mal pago, e eu tento soar como um ser humano quando murmuro: “Eu não estou fazendo de propósito, Fer...”; o Fernando não olha pra mim quando diz: “Tem certeza, Lalá?”; eu olho pro Fernando e fico com pena dele, porque o Fernando parece arrependido de ter se aproximado descendo a escada lateral da direita daquele teatro sorrindo para me perguntar se eu lembrava dele, nós tínhamos sido apresentados em uma festa, e depois o amigo que nos apresentou o puxou para apresentar uma outra mulher, uma outra atriz, provavelmente a Estela, acho que foi nessa noite que eles foram apresentados também, e eu fiquei o resto da noite esperando o Fernando se aproximar e nada, o Fernando sim-ples-men-te não teve coragem, o Fernando não veio, o Fernando não teve coragem, tudo que eu queria era um bom assédio e nada, e vinte e seis horas depois, o Fernando parecia que estava vindo, mas um amigo o puxou pelo braço e o levou embora e eu achei que o Fernando tinha sido levado para sempre, e meses depois o Fernando desceu a escada lateral da plateia do teatro e veio com tudo e eu fiz muita força para não sorrir de orelha a orelha mas minha boca já foi dizendo "sim" antes do Fernando fazer a pergunta, fosse ela qual fosse, e aí um cretino de um amigo ator desceu mais rápido que o Fernando e se jogou feito uma pantera em cima de mim e eu vi por cima do ombro cretino o Fernando parando, com cara de tacho, se virando e subindo a escada lateral da direita e indo embora cabisbaixo e foi só uma semana depois que eu consegui armar tudo para o Fernando vir ver a peça de novo e eu não esperei ele vir, eu mesma fui até o Fernando, empurrando todos os idiotas que queriam se jogar em cima de mim explodindo em elogios e perguntei se o Fernando queria sair comigo dali naquele mesmo instante e não esperei o Fernando responder, o Fernando apenas sorriu e eu vi que o Fernando ia ser meu!

Uia, dá pra ouvir os trovões antes da tempestade que vem aí. A madame Laura Brumitis tá contando tudo os podre da vida dela. Eu vou pegar a seringa e deixar preparada com uma dose dupla. Melhor tripla, tá ligado?

— Eu faço bastante força para lembrar o que a gente estava conversando e pergunto: "O que foi que você perguntou mesmo?"; e o Fernando suspira de um jeito que me gela o sangue, com uma entonação e um tom de voz perfeitos para um vampiro usar no momento em que está para enfiar os caninos longos e pontiagudos no pescocinho da mocinha: "Eu perguntei: Tem certeza, Lalá?", e aí eu continuo dizendo a primeira coisa que vem na minha cabeça, feito uma máquina humanoide programada para conversar: "Não..."; e o Fernando diz o que eu quero ouvir: "Vamos conversar, Lalá?"; e eu respondo toda feliz: "Vamos sim, Fernando."; e o Fernando me diz, me deixando arrasada: "A gente podia almoçar juntos amanhã. Tenho uma reunião às onze, mas eu desmarco."; e eu digo, tentando não chorar: "Sabe o que é, Fernando? Amanhã pode ser tarde demais."; e o Fernando, irritadíssimo, impacientíssimo, exasperadississíssimo, grunhe: "Hoje é cedo demais, Lalazinha, quer dizer, é tarde, eu preciso dormir."; e eu pareço não ter a menor noção de nada e reclamo chorosa e chatérrima: "O seu sono é mais importante que eu? Que os meus problemas? Que os nossos problemas? Essa coisa do resgate vai ficar assim?"; e o Fernando fala boquiaberto, porque não acredita que eu continue insistindo naquilo que considera o maior absurdo de todos os absurdos que eu já disse em todos os nossos anos juntos e rosna: "Resgate, Laura?"; e eu, mais sem noção ainda, tenho a pachorra de perguntar, sentida: "Você me chamou de Laura? O que aconteceu com a Lalá?"

O Fernando finge que não ouviu o que eu disse e pergunta: "Você quer mesmo que eu responda?"; e eu digo:

“Quero.”, mas digo em seguida: “Não, não quero.”; e o Fernando solta o machado que tinha na mão com o braço levantado, que ia usar pra me retalhar em muitas postas, e diz: “Ótimo. Boa noite então, quer dizer, boa madrugada! Amanhã é quase daqui a pouco”; e eu murmuro entre um soluço e outro: “Ai, Fer, pra mim parece que é daqui a um ano, uma eternidade”; e o Fernando se vira e diz ainda com o instinto predador tentando dominar todo o seu corpo: “Amorzinho, este tipo de frase de ópera, sem música, fica ridículo. No meio da madrugada, então, nem se fala.” Aí o Fernando vai pro banheiro. E eu fico sozinha, naquela cama. Enorme.

Ele ficou olhando para ela até que a impaciência o fez dizer:

— Terminou? (Acabou o coiso?).

— Acho que é isso que o Fernando diria e faria.

— Joia. (Melhor eu continuar esse papo, ela parece que tá mais tranquilinha). Se me acordassem desse jeito num sei não, eu ia ficar muito puto.

— Ele é gentil.

— Coitado do cara. (Se eu fosse esse cara, me contratava pra raptar essa dona pra num devolver nunca mais, cara).

— Ele é compreensivo.

— Ele tem paciência demais. (Essa eu num precisava dizer).

— Você acha? O que você faria? Partiria pra ignorância?

— Num interessa o que eu fazeria. (Disfarça, pergunta qualquer coisa que ela adora ter motivo pra responder). Esse papo ia acabar assim?

— Não. O Fernando voltaria do banheiro. Mais calmo. Mais paciente. Mais "tudo de bom" e diria, de maneira bem humorada, tentando me fazer não levar essa loucura a sério: "Você está bem? Quer que eu ligue pro seu médico? Ele vai adorar ouvir a minha voz a essa hora da madrugada."; e eu: "Não, eu estou bem. E não precisa ser tão sarcástico, eu só pedi pra você ligar pra ele duas vezes."; e o Fernando: "Nesse mês."; e eu: "Que mentira!", e o Fernando: "Calma, eu estou brincando."; e eu: "Eu sei, desculpe. Eu estou tentando ficar aqui mas se eu fecho os olhos eu vou parar lá. Entende?", e o Fernando: "Claro que sim. E eu posso ir buscar uma camisa de força, você quer?"; e eu: "Não. Eu sonhei... você nunca sonhou?", e o Fernando: "Já. Mas quanto eu acordo, eu acordo. Você parece que continua dormindo. Vem deitar." Aí a gente se deitaria E eu tentaria voltar ao assunto, assim, de maneira bem leve, como quem não quer nada: "Meu bem... Se por acaso, um dia, eu fosse, assim... raptada."; e o Fernando daria um suspiro tão alto e retumbante que faria as paredes do quarto tremer e o teto quase cair nas nossas cabeças e resmungaria: "Ai meu Deus do céu."; e eu insistiria: "Responde, vai, Fer. Se acontecesse, finge, faz de conta... mas responde sério. Se eu fosse raptada, você pagaria o resgate?" O Fernando me olharia direto nos olhos, fixo, louco da vida, chateado, magoado, bravo, puto. Eu ficaria sem graça e viraria para o meu lado, dizendo: "Desculpe."; e o Fernando soltaria, para ele mesmo, um "puta merda".

— Vixemariamãededeus! (Melhor eu conversar feito ela, como se nada tava acontecendo). Ele fala palavrão perto da senhora?

— Fala, claro, o que você acha?

— Achava que rico não fazia isso. Ele não ia falar mais nada? (Opa, agora ela tá calma demais. O olho revirou esquisito. Melhor eu pegar a seringa).

— Não. O Fernando não me levaria a sério. Pro Fernando eu sou uma Laura doida que confunde a vida real com as peças e novelas que eu faço... e o Fernando gosta de brincar comigo o tempo todo. Assunto sério é com os amigos dele, entende?

— Não. (Eu vou fingir que tô indo no banheiro e vô pegar a seringa e vou tascar uma dose inteira daquele remédio da pesada). Se eu casasse com uma mulher bacana como a senhora, eu não ia querer ficar só levando na brincadeira, não mesmo.

— Bom, é isso aí, sei lá o que o Fernando faria e diria. Eu acho que... ele pagaria o resgate, deve ter havido uma confusão.

— Deve de ter sido, dona Laura. Eu só vou só ali...

Sorrindo, ela o interrompeu:

— Eu achei que você fosse me dar alguma coisa pra me derrubar, uma boa de uma injeção com uma dose cavalar de um ansiolític...

Ele deu.

Aconteceu dali a algum tempo: Laura acordou e imediatamente ficou em pé, como se um guindaste a tivesse puxado, e começou a gargalhar, o olhar embaçado, como se estivesse olhando para dentro de si mesma e não gostasse do que via. Passou a correr como um animal numa jaula, começou a gritar acusando o mundo de conspirar contra ela, contra sua carreira, seu casamento, sua felicidade, sua vida.

O Fernando não quis pagar, o Fernando não quis, não quer, não me quer, me jogou no lixo, deve estar agora com a outra, com "a nova Laura", ela está usando minhas roupas, minhas joias, meus perfumes, meus cremes importadíssimos, no colo dele, na nossa cama! É isso, simplesmente. Estela e Fernan[illegible] mancomunados, contrataram esse cara pra [illegible] Estela queria para si o Eudoro, o Luiz [illegible] até o Rodolfo ela deve estar tentando [illegible] a minha fortuna e fama e suces- [illegible] protagonista nas peças, ela cansou de [illegible] sempre segundo papel, a sombra, ela quer tudo que eu tenho, quer minha alma dilacerada antes de mandar retalhar meu corpo, isso aqui é uma masmorra e esse tempo é a tortura mental, espiritual, corporal, animal — ela quer que eu me transforme num bicho de sete cabeças! Numa besta fera! Numa bruxa carcomida — e mal comida, ainda por cima! A demônia e o capeta estão metendo chifres na minha testa...

Eita, isso aí é a tal peça? A dona Alice Mon... sei lá é que não é.

Ele se afastou o máximo que pode e tentou observar o que estava acontecendo na sua frente como se assistisse a um espetáculo especialmente apresentado para ele.

Porra, imagina só, se eu pudesse contar pras pessoas que aquela atriz que é a Alice, que matou a irmã a espingarda, ficou fazendo um teatro só pra mim! Elas não ia acreditar. Mas putaqueopariu, esse falatório não vai acabar nunca? Essa mulher é muito chata. Mas que gostosa ela ficou agora que tá sem aqueles produto na cara, o cabelo tá mais de pessoa normal, sem aqueles estufado na frente, e a cara limpa, dá um tesão danado.

— Se eu sou uma vespa, cuidado com meu ferrão. E saiba que uma gata caseira pode arranhar, morder e estraçalhar um passarinho.

— A senhora tá dizendo coisa de duplo sentido feito aquelas música do Nordeste, hein! (Melhor dar uma atenção pra essa dona ou ela surta de vez).

— O que eu quero que você faça?

— Pode pedir. Tamo aí pra isso.

— Dê um fim em sua estada, se jogue de cabeça na escada, ponha o pé na estrada e suma do mapa de Pádua!

— Quequéisso, madame?

— A gata Cata que você não cata porque jogaram no lixo, lembra?

— Vamo dá uma baixada nesse pique, dona?

— Mas não temais, meu amado. A fera selvagem irá se enredar em uma arapuca da qual só sairá com o corpo gelado e o coração paralisado!

— Vixe! É a morta e enterrada!

— Eudoro, Eudoro, estou tomada por uma louca paixão!

— Olha, bem que eu queria ser o galã,

— De quimeras mil, um castelo... segui...

— A senhora se liga nessas de baixar santo? Terreiro, macumba...

— O teu corpo é luz...

— Ah, não, vamo parando com isso, que já tá difícil sem o cara pagar o resgate!

— Poema latino cheio de esplendor...

— Fala assim não, dona!

— Teu sorriso quente... sente... mente... Prende!

— Ah, não, vou dá um tempo, falou?

Ele acendeu um cigarro, mas depois da primeira tragada, tentou chegar até ela para segurá-la, tentar acalmá-la, talvez com dois ou três sopapos ela saísse do vértice do tornado de emoções descontroladas. Ela resistia, era apenas uma torrente de frases sem sentido; ele jogou longe o resto do cigarro e correu e a alcançou e obrigou-a a deitar-se no colchão novinho e a obrigou a tomar um comprimido pra acalmar e outro e mais outro e a segurou, tapando a boca, até que ela parou de lutar para se soltar e, devagar, a tentativa de agredi-lo foi se tornando um abraço, o abraço mais macio que ele recebeu na vida e tão perfumado, nossa, abraço de cinema esse.

— Por que me fazem todas essas perguntas? Por que me torturam?

— Tá difícil!

— Eu sou uma boa moça, cristã, temente a Deus. Meu pai me ensinou a doutrina e eu procuro segui-la. Mas acho que isso não é o mais importante.

— A senhora é crente?

— É a Bianca, não, a Branca que diz isso! Viu? Do "Santo Inquérito"!

— Nem fala em inquérito, porra! Vira essa boca pra lá!

— Já foram fazer alguma fofoca de mim pra você, é?

— Que pentelha! Mulher sempre cai nessa choradeira.

— Eu sei quem foi! Você fica entrando no papo daquela vadia lá do 102. Só pode ser ela quem te encheu a cabeça. Pensa que eu não sei? A perebenta não pode ver ninguém bem. Mas ela vai ver. Comigo não vai ter bafo. Corto a cara dela com gilete.

— Calma, Dona Laura, não vamo partir pra violência!

— Ela dá em cima de tudo que é homem das outras.

— Se acalme que não tem vadia perebenta nenhuma! Eu nem imaginava que a senhora conhecia gente do bairro!

— Ai, é a Neusa Sueli! Lembra? Eu fiz suuuper bem! Lembra? Do "Abajur Lilás"? Não, "Dois perdidos"... não, eu é que estou perdidinha nesta noite suja, imunda, porca, não! É aquela da navalha! "Navalha na Carne"!

— Vira essa navalha pra lá!

— Não adianta ficar zangado, porque ele prometeu-me palácios,

— Cruz credo, agora tô vendo o que que o Seu Fernando tem que aguentar!

— Vestidos de seda e tudo!

— Não tô puto, juro por Deus! Se ele prometeu eu não tenho nada com isso.

— Não sou eu que estou dizendo! É a Maria falando! Sabe, do Joracy Camargo? "Deus lhe pague"!

— Ora, não tem de quê!

— Desisto. Tô exausta. Ele disse que era para sempre, até que a morte nos separasse... então é isso, está encomendada a nossa separação...

Mulher mais doida da porra! Maluca pra caralho! Fala cada merda! Parece que sai do corpo dela e entra outra pessoa. Muda a voz! Será que recebe espírito? Falei zoando e vai que a dona é de terreiro mesmo? Qualquer um fica confuso. Eu tô. E olha que sou profissional faz tempo. Mas de todos, todos, essa foi de longe a pior vítima. Abilolada. Eu, hein?

— "Um ator fez-se para proferir, é uma boca que se abre para dizer as palavras que outros escreveram. Um ator fez-se para ser visto." Jeanne Moreau disse isso. Eu, não digo mais nada. Tô desligando. O botão OFF se apertou por conta própi... póbri... pópi... pobre... popó... popô...

Se eu subesse nunca que pegava esse serviço! E depois tem a coisa de ter que se controlar o tempo todo! Caralho! Mulher tesuda dessas. Tá duro de resistir. Tô disfarçando quanto posso. Mas tá foda. A benga tá que tá latejando. Mas essa mulherzona aí não é pro meu bico! Uma pena, meu. Se ela quisesse eu traçava era pra já. E repetia. E rerepetia! Jesusamado, caralho, agora a mulher apagou de novo. Tá com a pilha fraca. Toca botar ela deitadona de novo.

Ele a acomodou sobre a cama, ajeitou o cabelo dela e com uma toalha limpou o rosto e as mãos que estavam sujas e arranhadas e apagou o abajur e ficou sentado ali ao lado, como se ela fosse sua filhinha que adormeceu depois de se agitar acordada por causa de um pesadelo.

Parece que eu vi que tinha um machucadinho mais pra baixo assim no ombro. Liga novamente o abajur. Melhor limpar. Ela tá tão mole que não vai acordar com nada. Acho que é rebote da injeção que eu dei na coitada. Coitada nada — tava fazendo um escarcéu dos inferno! Foi o jeito. Parece que se machucou aqui também, mais pra baixo do pescoço, vou abrir a blusa dela só pra limpar.

Ele pegou a toalha, molhou na pia do banheiro e foi limpando o suor e a sujeira e com mais cuidado os arranhões, os hematomas, colocou todo o pacote econômico de *band-aids*, ela foi ficando decorada com carinhas de Pato Donald e vai um Pateta aqui e Margarida e Mickey no joelho e Pluto no ombro. E foi desabotoando afrouxando retirando a roupa dela, tirando cada peça com grande delicadeza.

Que que é isso, por tudo que é sagrado! Caramba, nunca vi uma mulher assim tão linda. Uma deusa. Tá apagada mesmo? Ih, tá apagadona. Se eu, só por cima, só assim de leve, será que ela acorda? Impossível; tá derrubada. Caralho, que delícia de mulher, meu! Como é que a gente não vai acreditar em Deus quando vê uma coisa dessas? Modelo da perfeição. Será que se eu — acorda nada! Tá baqueadaça. Eu vou. Se eu... Tô quase. Mulher mais gostosa impossível, linda pra caralho. Tesão louco desde que eu trouxe ela pra cá. Ahhh... (pausa pra se recuperar) Meu, deixa eu limpar o estrago que eu fiz! Porra, imagina se ela desconfia! Meu, isso também não vou poder contar é nunca. Olha esse corpo meu. Tivesse esse material todo aí só pra mim, dava umas cinco por dia. Seu Fernando é um babaca de não entregar logo a grana e recuperar essa maravilha toda. Coisa de cinema. Coisa de capa de revista. Vou apagar a luz de novo e deixar ela quietinha. Parece que tô mesmo num sonho.

O celular dele toca. Ele recebe uma ordem e apenas responde: Entendido.

Será feito como foi mandado.

Doze horas depois Laura despertou, sorrindo, os olhos brilhantes, com uma energia forte, alto astral, felicidade pura, com o corpo fabricando endorfina de montão, ela parecia brilhar como uma estrela que era, majestosa, simpática, empática, carismática. Quando a vê acordada e tão radiante ele fica tomado por uma sensação maluca. Ele está quase descontrolado de tanto desejo. Sem se conter, sem explicar nada, ele se deita ao lado dela e, sem se censurar nem hesitar, ele passa a mão sobre o corpo que ela, a cada carícia a cada investida que aquelas mãos tão poderosas e desejáveis fazia, se contorcia como se ela fosse uma artista de circo, e ele beijava aqui e ali e de novo aqui e então bem lá e ela sorria o sorriso aberto de cúmplice e ele foi tirando a camisa e ele é o homem que ela quer e pernas se roçam as mãos dela deslizam avidamente pelo corpo dele e os sexos os mundos as bocas os corpos se encontram e se misturam entre gemidos brota lentamente um gozo máximo maior que não tem por que ser contido. É cena sem edição.

E no teu olhar... Finalmente esse homem. Todos esses homens sobre. *Tonta de emoção...* Esse homem dentro, em tudo, como num sonho, tão e tanto em mim. *Com sofreguidão...* Fernando restituído a Estela, Eudoro a Janaína, e eu, a grande estrela que apagou-se. Catarina domada, Alice caída, a cabeça cortada. Laura Eulália, sendo possuída extinguida devastada por um raptor cujo nome nem me lembro? Quem tem medo do Lobo Mau lobo bom do lodo enfim? Quem tem medo de Virginia Woolf? Quem tem medo de si? Pra quê essa boca essa alma essa arma tão grande, seu Lobo? Ação: Laura e Rórson, feliz, feliz, feliz. *Mil venturas senti... pedi... previ!*

KOTTER EDITORIAL

Ateliê Editorial

Impresso em papel pólen 80g/m²,
tipografia Nyte, no verão de 2019.